BIBLIOTECA MONUMENTA : 8

HISTÓRIA DE SĀVITRĪ

MAHĀBHĀRATA

História de Sāvitrī

Tradução de
Adriano Aprigliano, João Marcos Duarte e Johnny Dotta

Introdução e notas de
Adriano Aprigliano

MNĒMA

Título original: सावित्र्युपाख्यानम्

Editor	Marcelo Azevedo
Direção da coleção	Alexandre Hasegawa
Edição e produção	Felipe Campos
Direção de arte	Jonas de Azevedo
Projeto gráfico e capa	Marcelo Girard
Preparação	Johnny Dotta
Revisão	Felipe Campos
Diagramação	Johnny Dotta

Dados Internacionais de Catalogação na Publicação (CIP)
(Câmara Brasileira do Livro, SP, Brasil)

Mahābhārata : história de Sāvitrī / tradução Adriano Aprigliano, João Marcos Duarte e Johnny Dotta ; introdução e notas Adriano Aprigliano. -- Araçoiaba da Serra, SP: Editora Mnēma, 2025.

ISBN 978-65-85066-21-1

1. Mitologia hindu 2. Poesia épica I. Aprigliano, Adriano.

25-271332 CDD-294.513

Índices para catálogo sistemático:
1. Mitologia hindu 294.513
Eliete Marques da Silva - Bibliotecária - CRB-8/9380

Editora Mnēma
Alameda Antares, 45
Condomínio Lago Azul – Bairro Barreiro
CEP 18190-000 – Araçoiaba da Serra – São Paulo
www.editoramnema.com.br

Sumário

Lista de abreviaturas e siglas

AśvG	*Aśvalāyana-gṛhya-sūtra*
	Aforismos de Āśvalāyana sobre rituais domésticos
KaṭhUp	*Kaṭhopaniṣad*
	Upaniṣad [da escola] de Kaṭha
KĀ	*Kāvyādarśa*
	Espelho da poesia
KA	*Kāvyālaṃkāra*
	Ornamento da poesia
KAsv	*Kāvyālaṃkāra-sūtra-vṛtti*
	Glosa aos aforismos do Ornamento da poesia
KM	*Kāvya-mīmāṃsā*
	Investigação da poesia
KS	*Kumāra-saṃbhava*
	O nascimento de Kumāra
KSS	*Kathā-sarit-sāgara*
	O oceano dos rios de histórias
MatPur	*Matsya-purāṇa*
	*Purāṇa do peixe**
Mbh	*Mahābhārata*
	[História da] grande [guerra] dos Bhāratas
Mbhāṣ	*Mahābhāṣya*
	O grande comentário

* Encarnação de Viṣṇu.

MS	*Manu-smṛti*
	Código de leis de Manu
Nir	*Nirukta*
	A interpretação (semântica)
NŚ	*Nīti-śataka*
	Centúria moral
NāṭŚ	*Nāṭya-śāstra*
	Tratado sobre as artes miméticas
ṚS	*Ṛtu-saṃhāra*
	Coleção sobre as estações

Para edições utilizadas, cf. "Referências bibliográficas".

Breve guia de transliteração e pronúncia

Esta edição bilíngue apresenta o texto sânscrito em *devanāgarī* (ou simplesmente *nāgarī*), sistema de escrita que se usa para grafar o sânscrito, bem como outras línguas do subcontinente indiano, tais como o híndi e o marata. Na introdução e nas notas, porém, os termos sânscritos aparecem em forma transliterada. Por essa razão, oferecemos aqui este breve guia para familiarizar o leitor com o valor fonético dos sinais de transliteração.

Pois bem, seguindo o modelo dos gramáticos da Índia Antiga, comecemos pelas vogais. Os sinais que representam em transliteração as vogais do sânscrito são: *a ā, i ī, u ū, r̥ r̥̄, l̥, e ai, o au.* O traço em cima de *a, i, u* & *r̥* se chama *macro* e indica que a vogal é longa, i.e., que dura, na pronúncia, duas vezes o tempo da vogal breve correspondente. Quanto ao timbre, vale notar que *a* representa vogal não só breve, mas de timbre fechado; *ā*, vogal não apenas longa, mas de timbre aberto; *e* & *o*, apesar de não marcados por macro, também se leem sempre como vogais longas e de timbre fechado; *ai* & *au* representam ditongos em que o primeiro elemento é de timbre fechado como o do *a* breve: leem-se como o *âi* de *câimbra* e como *ão*, mas sem nasalidade. Quanto a *r̥*, *r̥̄* & *l̥*, são as chamadas *soantes*, tipo especial de vogal que é, essencialmente, uma consoante usada como vogal – i.e., que ocupa o núcleo da sílaba, assim como as demais vogais: *r̥* se lê como o *re* que se ouve na pronúncia de palavras como *catre, abutre*, no português europeu; em sua versão longa (*r̥̄*), o que se alonga é o elemento vocálico do *re*. Já *l̥* se lê como a palavra *lã*, mas com mais brevidade e sem nasalidade.

Passemos às consoantes. Como tantas outras línguas, o sânscrito possui consoantes oclusivas, fricativas e as chamadas semivogais. Os gramáticos antigos ordenaram as oclusivas – i.e., as que envolvem um toque ao ser pronunciadas – em cinco séries de cinco consoantes. Em cada série, as consoantes têm o mesmo lugar de articulação (i.e., região da boca onde é articulado o som). Os sinais de transliteração que as representam são: [série velar] *k kh g gh ṅ*; [série palatal] *c ch j jh ñ*; [série retroflexa]; *ṭ ṭh ḍ ḍh ṇ*; [série dental] *t th d dh n*; [série labial] *p ph b bh m*. Boa parte deles tem o mesmo valor que associamos às letras correspondentes na grafia do português. Tratemos das diferenças. Os dígrafos com *h* *(kh gh, ch jh, ṭh ḍh, th dh, ph bh)* representam consoantes aspiradas. Este termo causa certa confusão, porque parece indicar que se deve sorver o ar ao se pronunciar a consoante. Mas é justamente o contrário. Aspiração, em fonética, quer dizer "emissão de ar": deve-se pronunciar a consoante acompanhada de uma expiração, de um sopro de ar, i.e., do som *h* tal como pronunciado, e.g., em inglês *(cf. her, heart)*. Quanto à série velar, vale observar que a letra *g* representa sempre o "*g* duro" (*ga gi gu* se leem "ga", "gui", "gu", etc.), e que *ṅ* representa aquele som de *n* que ouvimos em português diante de consoantes oclusivas (cf. *manga, conga*). Quanto à série palatal (*c ch j jh ñ*), *c* & *j* têm o mesmo valor que têm essas letras em italiano e inglês, respectivamente (cf. it. *cento*, ing. *jungle*), e.g.: *ca ci cu* se leem "tcha", "tchi", "tchu", etc.; *ja ji ju* se leem "dja", "dji", "dju", etc.; *ñ* representa o som que na grafia do português é grafado com o dígrafo *nh*. Os sinais da série retroflexa (*ṭ ṭh ḍ ḍh ṇ*) representam consoantes semelhantes às dentais, mas em cuja pronúncia a ponta da língua se curva para trás e toca o céu da boca: são sons característicos da maior parte das línguas da Índia. Quanto aos sinais das série dental (*t th d dh n*), note-se que *t* & *d* nunca representam os sons de *t* & *d* que ouvimos em *tia* e *dia* ("tchia", "djia") – que, na verdade, são sons palatais –, mas sempre o som "seco" que têm em espanhol ou italiano (cf. esp. *tío*, it. *dico*). Quanto à série labial (*p ph b bh m*), basta lembrar que *ph* representa um *p* aspirado e não o som de *f*.

Depois das oclusivas, a classificação tradicional fala das consoantes denominadas *semivogais*, que são quatro, de acordo com o lugar de articulação: palatal, retroflexa, dental e labial. Os sinais que as representam em transliteração são *y r l & v*. Note-se apenas que *y* tem o mesmo valor que tem na grafia do inglês (cf. *yes, you*), e que *r* representa som muito próximo do *r* intervocálico do português (cf. *cara, tora*), pronunciado dessa maneira em todas as posições.

No fim da lista das consoantes, os gramáticos da Índia Antiga puseram as consoantes fricativas – *sibilantes* para facilitar – e a aspirada glotal. As sibilantes são três: palatal, retroflexa e dental, representadas em transliteração pelos sinais *ś ṣ s*. O *ś* representa o som que representamos com o dígrafo *ch* (cf. *chave, chuva*); *ṣ* representa som parecido com o anterior, mas retroflexo, i.e., pronunciado como a ponta da língua curvada para trás; *s* representa apenas o *s* surdo, como *s* em início ou *ss* em meio de palavra em português (cf. *seco, massa*). Enfim, o *h* representa a consoante aspirada glotal, como em inglês (cf. *heart, her*).

Para terminar, é preciso falar de mais dois sinais muito comuns, que representam modificações de certos sons. Em favor da concisão, deixaremos de lado algumas minúcias de pronúncia. O primeiro sinal é um *m* com ponto embaixo (*ṃ*), chamado *anusvāra* (*"ressonância"*), que indica ora uma nasalização da vogal que o precede, ora uma consoante nasal que se acomoda foneticamente à consoante que a segue. O segundo é um *h* com ponto embaixo (*ḥ*), denominado *visarga* (*"emissão"*), que, em princípio, representa a modificação do som de *s* e se pronuncia como uma aspiração que traz consigo o eco da vogal que o precede.

Esperamos que as observações aqui contidas ajudem os leitores na pronunciação dos termos transliterados.

Introdução

1. SÃO ÉPICOS OS INDIANOS?

O adjetivo *épico*, como se sabe, é de origem grega[1] e, em princípio qualifica, nos estudos de literatura, os poemas narrativos de longa extensão das tradições grega e latina que versaram sobre o tema da guerra e das viagens de aventuras, nos quais as personagens são caracterizadas, segundo a leitura aristotélica, como *elevadas*:[2] os eventos narrados no poema épico são vividos por casta de reis e guerreiros, sob os auspícios de divindades e outros personagens fantásticos. O tempo da poesia épica também é particular: é tempo remoto em relação ao poeta ou narrador,[3] de contornos fluidos e nebulosos sob a ótica da história material. O espaço na poesia épica, como é de esperar, corresponde ao que essas personagens e tempo exigem: nele se misturam o mundo real, o ideal e o maravilhoso. Enfim, a língua da poesia épica é uma norma

1 Do adjetivo grego *epikós, ḗ, ón*, "relativo ao *épos*". O substantivo neutro *épos* significa "palavra; relato"; quando usado no plural (*épea*), pode se referir ao poema épico.

2 Aristóteles toca no tema em vários pontos na *Poética*, e.g., em 1448a, quando trata do que se convencionou chamar objeto da imitação: "Mas como os imitadores imitam homens que praticam alguma ação, e estes, necessariamente, são indivíduos de elevada ou baixa índole (porque a variedade dos caracteres se encontra nestas diferenças [e, quanto ao caráter, todos os homens se distinguem pelo vício e pela virtude]), necessariamente também sucederá que os poetas imitam homens melhores, piores ou iguais a nós, como fazem os pintores... e, assim, também nos gêneros poéticos que usam, como meio, a linguagem em prosa ou em verso [sem música]: Homero imitou os homens superiores..." (Souza 2003: 105).

3 Nos épicos históricos, essa regra com efeito se dilui.

especial, que reflete a distância entre aquele mundo e o mundo das pessoas e eventos da vida média ou comum.[4] Em nosso meio, as obras mais célebres da épica antiga são decerto os poemas gregos *Ilíada e Odisseia*, atribuídos tradicionalmente a certo Homero, mas decerto originados de cultura poética oral vigente na Grécia Antiga nos entornos do século VIII AEC; e o poema latino *Eneida*, de Públio Virgílio Marão, poeta mantuano que morreu em 19 AEC. O termo *épico*, para além das literaturas grega e latina, também se aplica aos poemas compostos no âmbito de tradições literárias daquém e dalém-mar cujos pressupostos e protocolos estéticos se basearam, em sua maior parte, nos modelos greco-latinos.[5] Também se tem aplicado, no estudo de outras literaturas do mundo, a obras de matéria e forma semelhantes, como o *Mahābhārata* e o *Rāmāyaṇa*, ambos monumentos da literatura sânscrita da Índia Antiga, atribuídos, respectivamente, a Kṛṣṇadvaipāyana Vyāsa e Vālmīki, personagens tão incertas e lendárias como o bom Homero.

Quanto à matéria, trata o *Mahābhārata*, em linhas gerais, da grande guerra fratricida entre entre os filhos de Dhṛtarāṣṭra e de

4 Essa *língua* ou *norma especial* constitui aquilo que, em retórica, se diz propriamente *elocução*. Do caráter misto dessa norma, disse bem Aristóteles, na *Poética* 1458a: "... elevada é a poesia que usa de vocábulos peregrinos e se afasta da linguagem vulgar. Por vocábulos peregrinos entendo as palavras estrangeiras, metafóricas, alongadas e, em geral, todas as que não sejam de uso corrente. Mas a linguagem composta apenas de palavras deste género será enigma ou barbarismo; enigmática, se o for só de metáforas, bárbara, se exclusivamente de vocábulos estrangeiros. ... Necessária será, portanto, como que a mistura de toda espécie de vocábulos. Palavras estrangeiras, metafóricas, ornatos e todos os outros nomes de que falámos elevam a linguagem acima do vulgar e do uso comum, enquanto os termos correntes lhe conferem clareza" (Souza 2003: 136).

5 *E.g.*, os épicos de língua portuguesa, como *Os Lusíadas* (1572), de Camões, *O Uraguai* (1769), de Basílio da Gama, *Caramuru* (1781), de Santa Rita Durão, *I-Juca-pirama* (1851), de Gonçalves Dias.

Pāṇḍu, membros da casa de Kuru, pelo trono da cidade de Hastināpura;[6] o *Rāmāyaṇa*, das aventuras do herói epônimo Rāma para resgatar sua mulher Sītā, raptada por entidade monstruosa, Rāvaṇa.[7] Em ambos os textos, a ação central tem origem no espaço da corte e é, destarte, vivida por personagens de reis e rainhas, príncipes e princesas, i.e., membros da casta guerreira (*kṣatriya*, cf. nota ao verso 2.7), acompanhados dos membros da classe sacerdotal (*brāhmaṇa*), bem como de outras sortes de sábios, deuses e demais personagens fabulosos. Também nesses poemas, o tempo é o remoto passado – *illo tempore* –, resgatado e atualizado, no *Mahābhārata*, por teia de bardos (*sūta*) e outros narradores; pela voz do poeta (*kavi*), no *Rāmāyaṇa*. O espaço nesses poemas combina o mundo real, comumente em sua versão ideal, e o puramente maravilhoso. No que tange à linguagem, são textos, em sua origem, de tradição poética – assim como a homérica – oral, e que, mesmo depois de fixados na escrita, guardaram, salvo a técnica do improviso, traços formais desse tipo de composição, tais como a presença de fórmulas (i.e., de sintagmas estereotipados que ocupam posições métricas previsíveis) e vário grau de estratificação dialetal (i.e., o convívio de diferentes fases de desenvolvimento da língua). São esses, bem com outros traços, fundamentos que tornam a linguagem, nos épicos indianos, também norma particular do gênero poético. Ademais, pode-se dizer que, conquanto moderadamente ornamentado e relativamente simples – quando comparado à língua das obras poéticas classificadas como *kāvya*[8] –, o sânscrito que se lê nessas obras tornou-se modelo de linguagem para os gêneros elevados ao longo da história da literatura sânscrita.

6 Breve resumo da narrativa central se pode ler em Smith (2009: xv-xviii).
7 Breve resumo da narrativa central se pode ler em Goldman (2007: 6-13).
8 Cf. o item 3 desta introdução.

No entanto, não só por essas precípuas semelhanças de matéria e forma que partilha com os poemas gregos e latinos supracitados poderiam o *Mahābhārata* e o *Rāmāyaṇa* ser classificados como poemas épicos, mas mesmo há base histórica e, por assim dizer, genética, para fazê-lo, uma vez que a poesia épica que se manifesta nas tradições orais da Grécia, da Índia e doutras partes do mundo[9] deriva de prática poética mais ampla e mais antiga, que se pode chamar de *épica indo-europeia*, classificação moderna capaz de acolher toda poesia de guerra e de aventuras composta no âmbito cultural indo-europeu, i.e., por um conjunto de povos aparentados pelas línguas e instituições culturais, cuja geografia se estende desde a Islândia até a China, passando pela Europa continental, Asia Menor e Índia; a cronologia de cujos movimentos migratórios, por sua vez, remonta já a antes do século XX AEC.[10]

Pois bem, por esses dados acima sumariados, talvez bastasse classificar o *Mahābhārata* e o *Rāmāyaṇa* simplesmente como *poemas épicos* e seguir adiante. No entanto, é notório que essa classe de poesia se desenvolveu na Índia Antiga de modo deveras peculiar, pois o que temos hoje em mãos são decerto algo mais do que poemas épicos *stricto sensu*.

Em primeiro lugar, são obras muito mais extensas que os poemas épicos a que estamos habituados: o *Rāmāyaṇa*, com suas cerca de vinte mil quadras de versos,[11] avulta diante dos cerca de quinze mil hexâmetros da *Ilíada*, o mais longo dentre os três mais célebres épicos antigos. Já o *Mahābhārata*, este alcança, na edição

9 A poesia épica latina supérstite é derivada, essencialmente, do estudo que os poetas romanos fizeram dos poemas gregos, tendo se perdido uma épica propriamente itálica.

10 Para resumo da questão, bem como das fontes que constituem a base para a formulação de uma poética indo-europeia, cf. a "Introdução" de West (2022: 1-27), em *Poesia e mito indo-europeus*, sobretudo a seção "Fontes".

11 Para a descrição do metro empregado nessas obras, cf. o item 6 desta introdução.

crítica de Puna,[12] quase 75 mil quartetos, i.e., corre para mais de duzentos mil versos!

Esses números graúdos dão indício, ademais, de que essas obras, mais do que simplesmente poemas épicos muitíssimo longos, são, na verdade, grandes compilações narrativas. No caso do *Mahābhārata*, sua particular enormidade se explica, sobretudo, pelo fato de que a obra contém, sedimentadas em torno do núcleo narrativo, de um lado, teia de *upākhyānāni* – i.e., *fabulae minores* ou histórias secundárias – tais como nossa *Sāvitrī*, que forma parte do segundo livro –, as quais servem de contraponto aos eventos vividos pelas personagens principais; de outro, longas passagens de conteúdo doutrinal, seja moral, jurídico ou mesmo filosófico, como, e.g., a célebre *Bhagavadgītā*, que forma parte do sexto dos seus dezoito livros. No caso do *Rāmāyaṇa*, a amplidão se deve, em essência, ao fato de que dois dos seus sete livros – o primeiro e o sétimo – são adições tardias àquele ciclo narrativo: no primeiro livro, chamado *Bāla-kāṇḍa*, ou "Livro do menino", narram-se a infância e adolescência do herói, até seu casamento com a princesa Sītā; no sétimo, *Uttara-kāṇḍa*, ou "Último livro", o reinado de Rāma na cidade de Ayodhyā depois da grande guerra com as forças de Rāvaṇa, o nascimento de seus filhos e seus últimos dias.

2. COMO SE DATAM OS ÉPICOS INDIANOS?

Esses grandes números dão ainda outro indício: o de que uma e outra obra, tal como as conhecemos hoje, resistem à datação precisa, já que são resultado de processo de compilação levado a cabo por séculos, ao longo de gerações. A crítica textual moderna reconhece que ambos os poemas contêm um núcleo antigo,[13] originado em ambiente *kṣatriya*, no entorno do qual se foram

12 Sukthankar *et al.* 1919-1966.

13 Goldman passa em revista essa questão na seção 2 ("*History and Historicity*"), da sua introdução (2007: 14-23).

ajuntando, fixados pela escrita, por sucessão de redatores – decerto brâmanes, em sua maior parte –, os antes fluidos cantos de gerações de cantadores ou bardos itinerantes (*sūta*). No caso do *Mahābhārata*, como dito acima, também se ajuntaram à narração intervenções de cariz moral, jurídico ou filosófico, que fizeram o *dharma* – a ordem eterna que conecta os planos cósmico e social (cf. notas ao verso 1.5) – permear a quase tudo o que nele se narra.

Mas, afinal, como são datados? Como processos que são: ambas as obras derivam de núcleo narrativo oral que remonta ao fim do período védico, o qual se situa, fluidamente, entre os séculos VII e V AEC. A introdução da escrita na Índia, por sua vez, é bastante tardia, quando comparada ao seu surgimento noutras culturas, remontando a mediados do século III AEC.[14] A introdução bem como a ampliação dessa prática pelo subcontinente indiano couberam sobretudo aos programas de propaganda político-religiosa iniciados pelo imperador Aśoka (304-232 AEC), durante o período Maurya (322-185 AEC).[15] Pode-se inferir com certo grau de segurança que a fixação por escrito dos dois épicos acompanha, em certa medida, a gradual transformação da cultura literária oral da Índia Antiga em cultura híbrida, i.e., alicerçada em práticas orais e escritas – por vezes imbricadas – de elevada sofisticação. Em suma, pressupõe-se que é tão somente pela metade do primeiro milênio EC, durante o chamado período Gupta (240-579 EC), que adquirem forma escrita relativamente estável tanto o *Mahābhārata* como o *Rāmāyaṇa*.[16]

14 Solomon 1998: 10, 17.
15 Falk 2018: 58, 59.
16 Brockington 2022: 81-82.

3. CLASSIFICAÇÃO LITERÁRIA TRADICIONAL INDIANA: *KĀVYA* E *ŚĀSTRA*

E quanto aos indianos - aqui refiro-me aos indianos do passado, sobretudo aos partícipes da tradição letrada da Índia Antiga -, que disseram sobre esses poemas? Como os classificaram e os qualificaram, se é que o fizeram?

O termo que em sânscrito designa o gênero do *Mahābhārata* e do *Rāmāyana* é *itihāsa*, substantivo masculino cujo sentido geral se pode glosar como "história verdadeira". Trata-se de palavra antiquíssima e de formação curiosa, pois deriva de nominalização da expressão *iti ha āsa*, i.e., "assim de fato foi/aconteceu". Aparentemente, desde o começo do primeiro milênio EC, a palavra, que antes se referia a porções narrativas da antiga literatura exegética do corpus védico (cf. nota 21), passa também a designar os dois grandes épicos.

Com efeito, este é o estado da questão que se verifica nas obras de Bhāmaha e Daṇḍin (VII-VIII EC), os primeiros autores de poética cujos textos chegaram a nós. Mas sobre eles falarei em seguida. Antes, porém, quero mostrar o que diz sobre o *itihāsa* um autor que viveu um pouco mais tarde, no século X, o poeta e crítico Rājaśekhara.[17] Sua obra *Investigação da poesia* (*Kāvya-mīmāṃsā*) é o que se denomina *kavi-śikṣā-grantha*, i.e., um "livro de instrução do poeta", no qual o autor inclui, em princípio, tudo o que é preciso saber para se fazer poeta. No segundo capítulo dessa obra, "Enumeração dos *śāstras*" (*śāstra-nirdeśa*), divide o autor o *vāṅmaya* — i.e., a literatura *lato sensu* — em *śāstra* e *kāvya*.[18] *Śāstra* é o termo que se refere a todo instrumento verbal cuja função precípua é a instrução (*anuśāsana*). *Kāvya*, por sua vez, refere-se

17 Observe que a classificação apresentada a seguir é apenas uma dentre as variadas posições que tomou a tradição indiana diante desses textos.

18 *Iha hi vāṅmayam ubhayathā śāstraṃ kāvyaṃ ca. KM* 2.16. Obs.: os números nas citações do *KM* se referem a página e linha.

à literatura *stricto sensu*, i.e., àqueles produtos da linguagem que almejam o deleite (*prīti*) dos ouvintes e leitores e a fama (*kīrti*) daqueles de que falam, bem como a de quem os compõe.[19] Assim justifica Rājaśekhara o propósito do capítulo:

> Uma vez que precede o *kāvya*, é preciso dedicar-se antes ao *śāstra*. Pois, sem avançar com as lamparinas, não se examina na escuridão a caravana dos objetos da realidade".[20]

A figura da "caravana dos objetos da realidade" (*tattvārtha-sārtham*) é a imagem do mundo que o poeta deve conhecer bem, sobre o qual deve se instruir – examinando-a (*adhy-akṣaya*) com a ajuda da luz do *śāstra* – para fazer a sua poesia. Parte do *śāstra* é dita "impessoal" (*apauruṣeya*), e não nos concerne neste momento.[21] Parte é "pessoal" (*pauruṣeya*).[22] Ao falar desta categoria, diz Rājaśekhara:

19 Sobre isso, eis o que concisamente declara outro autor de poética, Vāmana (VIII-IX EC), em sua *Glosa aos aforismos do Ornamento da poesia (Kāvyālamkāra-sūtra-vṛtti)*: "A boa poesia [ou literatura] tem propósitos visíveis e invisíveis [ou tangíveis e intangíveis], uma vez que é causa de deleite (*prīti*) e fama (*kīrti*)". – *Kāvyaṃ sad dṛṣṭādṛṣṭārthaṃ prīti-kīrti-hetutvāt. KAsv* 1.5.

20 *Śāstra-pūrvakatvāt kāvyānāṃ pūrvaṃ śāstreṣv abhiniviśeta. na hy apravarttita-pradīpās tamasi tattvārtha-sārtham adhyakṣayanti. KM* 2.17-18.

21 Impessoal (*apauruṣeya*) é o texto que se considera existir *ab aeterno*, que não é, destarte, fruto – como se costuma dizer – de agenciamento humano. Trata-se de ideia semelhante à de revelação na tradição religiosa cristã; aplica-se sobretudo ao *corpus* védico ou *Śruti* (composto de *saṃhitā, brāhmaṇa, āraṇyaka* e *upaniṣad*; para descrição dessas categorias de textos, cf. Aprigliano 2020: 11-20): os *ṛṣis* (sábios antigos) viram e ouviram esses textos e os comunicaram, mas não os criaram, assim como os profetas do antigo testamento tiveram a si reveladas suas profecias, sem que fossem eles próprios os seus autores.

22 Pessoal (*pauruṣeya*) é o texto composto — ou a disciplina concebida — convencionalmente, i.e., por pessoas. O termo se aplica, em âm-

Śāstra pessoal são a antiguidade, a filosofia, a investigação [ritualística] e as tradições. Eis os quatro *śāstras.*[23]

Mais uma vez peço vênia para ater-me ao ponto que aqui nos interessa: o gênero de *śāstra* denominado antiguidade, termo com que traduzi o sânscrito *purāṇa*, e que o autor assim define:

Destas, a antiguidade (*purāṇa*), dividida em dezoito [obras], é, em sua maior parte, composição acessória às histórias do Veda. Sobre a antiguidade dizem:

"A obra em que se trata da criação e reabsorção do mundo, dos ciclos [cósmicos,
das eras de Manu e da ordenação das dinastias deve ser reconhecida [como uma antiguidade (*purāṇa*)".[24]

Os *purāṇas* são uma categoria de obras[25] de média e longa extensão, e de caráter enciclopédico, como se pode inferir do verso tradicional supracitado; reúnem conteúdos de história cósmica, mitológica, dinástica, entre muitos outros assuntos. São, portan-

bito bramânico, a tudo que não seja o corpus supramencionado. *Tac* [leia-se, *śāstraṃ*] *ca dvidhāpauruṣeyaṃ pauruṣeyaṃ ca. KM* 2.18.

23 *Pauruṣeyaṃ tu purāṇam, ānvīkṣikī, mīmāṃsā, smr̥ti-tantram iti catvāri śāstrāṇi. KM* 3.12-13.

24 *Tatra vedākhyānopanibandhanaprāyaṃ purāṇam aṣṭādaśadhā. yad āhuḥ: Sargaḥ pratisaṃhāraḥ kalpo manvantarāṇi vaṁśa-vidhiḥ / jagato yatra nibaddhaṃ tad vijñeyaṃ purāṇam iti. KM* 3.13-14.

25 Os *purāṇas* sofrem do mesmo problema de datação que comentamos em relação aos *itihāsas*. Os mais antigos, como o *Mārkaṇḍeya-*, o *Matsya-* & o *Vāyu-purāṇa*, foram compilados, provavelmente, sobretudo a partir do início da era Gupta. Com o tempo, firmaram-se dois grupos tradicionais de dezoito textos cada, classificados como *purāṇas* maiores (*mahāpuraṇāni*) e *purāṇas* menores (*upapurāṇāni*).

to, no âmbito dessa mais larga concepção de história, instrumento de conhecimento do passado. Segue Rājaśekhara:

> "*Itihāsa* é tão somente uma subdivisão do *purāṇa*", dizem uns.[26]

Ao inseri-lo na categoria de *purāṇa*, a visada indiana escolheu como critério primeiro de classificação do *itihāsa* a categoria do tempo: *illo tempore*. Além disso, diz o autor que há duas vias – ou tipos – de *itihāsa*, denominadas *parakriyā* e *purākalpa*.[27] *Parakriyā* significa "ação de outrem". O qualificador "de outrem" nos remete ao *exemplum*, à ação exemplar, em virtude da salutar distância que entre nós e os outros se interpõe. Trata-se de conceito que poderíamos aproximar do termo de origem latina *gesta*. Já *purākalpa* significa literalmente "era passada",[28] "tempo antigo" e parece apenas reiterar o que já se dissera com *purāṇa*. Rājaśekhara, no entanto, cita verso de autoria desconhecida que aporta a esses termos acepção especial, técnica, marcadamente literária:

> Do *itihāsa* dizem:
>
> "*Parakriyā* e *purākalpa*, dupla é a via do *itihāsa*;
> a primeira comporta um só protagonista, a segunda, muitos".[29]

26 *Purāṇa-pravibheda evetihāsa ity eke. KM* 3.17.
27 *Sa ca dvidhā parakriyā-purākalpābhyām. KM* 3.17-18. Ambos os termos remontam à literatura exegética do Veda, na qual designavam as duas partes do que se chama *artha-vāda* ou "discurso de propósito", que são as porções descritivas e/ou narrativas da exegese (Stchoupak & Renou 1946: 33, n. 48).
28 É possível que *kalpa* neste composto guarde seu sentido antigo de "preceito", "regra", "ordenação"; daí *purā-kalpa* poderia significar, na literatura exegética dos *brāhmaṇas*, antes "ordenações do passado" (*purā*), o que convém ao caráter auxiliar do *artha-vāda* junto às injunções (*vidhi*) ritualísticas.
29 *Yad āhuḥ: parakriyā purākalpa itihāsa-gatir dvidhā / syād eka-nāyakā purvā dvitīyā bahu-nāyakā. KM* 3.19.20.

O termo que traduzi por protagonista é *nāyaka*, que significa lit. "condutor" — "herói", em seu sentido literário, é outra tradução corriqueira. Trata-se de termo utilizado ao menos desde os princípios do primeiro milênio EC, figurando, e.g., no *Nāṭya-śāstra*, clássico tratado de arte dramática atribuído a Bharatamuni (*circa* II EC, compilado, porém, por volta do VI EC).[30] Pois bem, se retivemos na memória os fios de enredo do *Rāmāyaṇa* e do *Mahābhārata* que teci acima, parece-me que podemos prever com segurança como concluirá Rājaśekhara sua brevíssima classificação do *itihāsa*, uma vez que o primeiro, onde o protagonista é um só, Rāma, parece ser um *parakriyā-itihāsa*; o segundo, no qual os protagonistas são muitos - os cinco Pāṇḍavas, Draupadī, Duryodhana, e muitos outros -, deve ser um *purākalpa-itihāsa*:

> Quanto a essas vias, os dois exemplos são o *Rāmāyaṇa* e o *Bhārata.*[31]

Em suma, para Rājaśekhara, os textos que chamamos épicos são uma subcategoria do *pauruṣeya śāstra*, i.e., "o instrumento de instrução não revelado ou pessoal"; em linhas gerais, cumprem a função de repositório de histórias antigas e exemplares e, destarte, instruem sobre o passado; em particular, tratam das gestas ou feitos de personagem central ou de variadas personagens. Com isso em mente, entende-se como, em diversos vernáculos da Índia, os derivados de *itihāsa* vieram a adquirir o sentido moderno

30 Há varias ocorrências deste termo no *Nāṭya-śāstra.* Para exemplo, veja-se o verso que abre o capítulo 34, que trata dos tipos de personagens: "Doravante tratarei de definir, em sua essência, as personagens (*prakṛti*) e cada um dos quatro tipos de protagonista (*nāyaka*)". – *ata ūrdhvaṃ pravakṣyāmi prakṛtīnāṃ tu lakṣaṇam / nāyakānāṃ ca sarveṣāṃ caturṇām api tattvataḥ.*

31 *Tatra Rāmāyaṇam Bhārataṃ codāharaṇe. KM* 3.21. *Bhārata* é aqui o mesmo que *Mahābhārata.*

do termo história;[32] e, em consequência disso, por que, ao menos na percepção popular dos indianos, o mito e a história que se leem no *Mahābhārata* e no *Rāmāyaṇa* (bem como nos demais *purāṇas*) permanecem, ainda, indissociavelmente emaranhados.

Last but not least, convido-os a enfrentar aquela que é, talvez, a consequência mais surpreendente da classificação de Rājaśekhara — consequência esta que costuma mesmo indignar os neófitos das *res indicae* —, a saber, que, ao menos para parte dos antigos indianos, esses épicos - isso que classificaram como *itihāsa*, i.e., o *Mahābhārata* e o *Rāmāyaṇa* - não são poesia! Pois, ora, se são *śāstra*, não são *kāvya*... Para não me alongar demasiado neste breve incurso pelas classificações indianas, deixo aqui de lado minúcias que qualificariam melhor essa afirmação e reconheço tão somente que, apesar dela, jamais se negou que o *itihāsa* cumprisse função precípua no âmbito da criação literária na Índia Antiga.[33] Para demonstrá-lo, recorro brevemente àqueles autores de poética que citei no início, Bhāmaha e Daṇḍin, anteriores a Rājaśekhara. No seu *Ornamento da poesia* (*Kāvyālaṃkāra*),[34] dissera Bhāmaha:

> A palavra [→ a palavra bem formada, gramatical], o metro, os sentidos denotativos, as histórias baseadas nos *itihāsas*, o mundo [→ os usos e costumes], a razão e as artes devem ser consideradas fontes da poesia (*kāvya-hetavaḥ*).[35]

32 E.g., em híndi e marata (इतिहास/*itihās*), em bengali (ইতিহাস/*itihaʃ*), bem como noutras línguas.

33 A propósito, não posso me furtar de mencionar que, para outra parte dos autores antigos, o *Rāmāyaṇa*, por sua elocução, em geral, mais sofisticada que a do *Mahābhārata*, recebe a alcunha de *ādikāvya*, i.e., "o primeiro *kāvya*" (poema).

34 Na verdade, trata-se do primeiro tratado de poética supérstite em língua sânscrita.

35 *Śabdaś chando'bhidhānārthā itihāsāśrayāḥ kathāḥ / loko yuktiḥ kalāśceti mantavyāḥ kāvya-hetavaḥ* // *KA* 1.9.

Este autor, portanto, nos esclarece em que sentido o *itihāsa* é instrumental para a poesia: sobretudo como fonte de história ou histórias, i.e., fonte de matéria poética.

Disse enfim Daṇḍin — e concluo este assunto com ele, talvez o mais influente autor de poética da Índia Antiga —, no seu *Espelho da poesia (Kāvyādarśa):*

> A composição em *sargas* [→ cantos] é também chamada poema longo (*mahākāvya*). Assim se define: começa com uma benção, uma saudação ou com a indicação do tema; deriva das histórias dos *itihāsas* (*itihāsa-kathodbhūtam*) ou, do contrário, baseia-se em fatos (*sad-āśrayam*); adere aos frutos das quatro metas (do ser humano)[36] e apresenta herói sagaz (*catura*) e elevado (*udātta*).[37]

Para Daṇḍin, esse poema longo[38] é a composição poética por excelência, paradigmática, a mais completa. Portanto, ao dizer que as histórias dos *itihāsas* lhe servem de fonte, o que ele diz, em essência, é que servem de fonte à poesia (*kāvya*), *tout court*.

36 I.e., *dharma* (deveres, religião), *artha* (poder), *kāma* (prazer) e *mokṣa* (libertação).

37 *Sarga-bandho mahākāvyam ucyate; tasya lakṣaṇam: / āśīr namaskriyā vastu-nirdeśo vāpi tan mukham // itihāsa kathodbhūtam itarad vā sad-āśrayaṃ / catur-varga-phalāyattaṃ caturodātta-nāyakam //* KĀ 1.14-15.

38 O *mahākāvya* tem entre sete e trinta *sargas* (i.e., partes, ou *cantos*), é polimétrico e exarado em linguagem deveras sofisticada; pode ser comparado, em certa medida, ao *epúllion* do período helenístico grego. Os mais célebres são cinco: *Kumāra-saṃbhava* (*O nascimento de Kumāra*) & *Raghu-vaṁśa* (*A linhagem de Raghu*), de Kālidāsa (séc. V), *Kirātārjunīya* (*Arjuna montês*), de Bhāravi (séc. VI), *Śiśupāla-vadha* (*O assassinato de Śiśupāla*), de Māgha (séc. VIII), & *Naiṣadhīya-carita* (*Vida do rei de Niṣadha*) de Śrīharṣa (séc. XII). Todos eles tomam suas histórias quer ao *Mahābhārata* (Bhāravi, Māgha & Śrīharṣa), quer ao *Rāmāyaṇa* (Kālidāsa). Para descrição pormenorizada do gênero e das principais obras, cf. Lienhard 1984: 161-196.

Daṇḍin toca ainda noutro ponto de interesse para a reflexão sobre os princípios que subjazem à classificação literária indiana: a ideia de que as *itihāsa-kathāḥ*, as histórias dos *itihāsas*, se contrapõem ao real (*sat*), ao fato. Haveria que escrever um bom número de páginas para analisar as intersecções entre os campos semânticos da "história", da "lenda", da "gesta", do "fato", etc., na Índia Antiga e dos dias de hoje. Não cabendo aqui, no entanto, dissecar tudo isso, arremato com o essencial: para a tradição indiana, o *itihāsa* é parte das obras de instrução, ou didáticas (*śāstra*), porque fala do passado (*purāṇa*) sob a forma do exemplo de um (*parakriyā*) ou de muitos (*purākalpa*); e participa da poesia (*kāvya*), porque é fonte de lendas e narrativas (*kathā*).

4. QUE É UM *UPĀKHYĀNA*?

Devo agora falar um pouco do tipo de texto que se lerá neste livro. Como adiantei acima, *Sāvitrī* é um *upākhyāna*, i.e., *fabula minor* ou história secundária[39] do *Mahābhārata*. Os *upākhyānas* relacionam-se ora mais rígida, ora mais frouxamente com a história nuclear. Neles narram-se eventos e personagens outros, diferentes dos da narrativa principal. São, concretamente, histórias que se contam às personagens principais, de função primordialmente didática e de teor consolatório, laudatório e ético. Com efeito, os *itihāsas* são atulhados de eventos infelizes, e o conteúdo dos *upākhyānas* com frequência dialoga com os apuros vividos pelas personagens da história principal, a fim de exortá-las ao bem agir, corrigi-las em seus vícios e desvios, consolá-las pelo mau sucesso das experiências ali narradas, mas também, e, enfim, louvá-las ao

39 *Ākhyāna* é substantivo do gênero neutro, que designa tanto o ato de narrar, a narração, como a cousa narrada, a narrativa. *Upākhyāna* é derivado nominal formado pela adição do prevérbio *upa* [*upa* + *ākhyāna*], que indica, entre outras, a noção de subordinação: trata-se de narrativa menor, secundária ou subordinada à narrativa maior, primária ou principal.

colocar em paralelo as experiências delas e das personagens da história que lhes é narrada. Os *upākhyānas* são, portanto, *purāṇa* (antiguidades) e *parakriyā* (histórias exemplares baseadas numa só personagem); porém, em princípio, não o são para os ouvintes ou leitores do *itihāsa*, mas para as suas personagens mesmas, que tomam aos primeiros, temporariamente, a condição de ouvintes do narrado. Essa condição se revela em marcas no texto — sobretudo nas formas de vocativo —, que nos relembram, a nós leitores, de tempos em tempos, daqueles que estão a ouvir a história que nós lemos. Essa técnica de meter história dentro de história[40] - o chamado *encaixe* narrativo[41] - constitui traço fundamental que singulariza o modelo narrativo da épica indiana.

5. SĀVITRĪ

Sāvitry-upākhyāna, lit. "A história de Sāvitrī", é uma breve narrativa, contada em cerca de trezentos quartetos de versos,[42] divididos em sete capítulos, que ocupa a porção final do terceiro livro do *Mahābhārata*, chamado "Livro da Floresta" (*Araṇya-parvan*).[43] Nesse livro, narram-se os eventos relativos aos doze anos de exílio dos Pāṇḍavas — a saber, Yudhiṣṭhira, Bhīma, Arjuna, Nakula e Sahadeva — e de sua mulher, Draupadī, na floresta Kāmyaka; exí-

40 Os níveis podem variar, pois mesmo as personagens de *upākhyānas* ora têm também o que contar aos seus pares. E.g., na *História de Sāvitrī* 6.35-42, a personagem principal narra - mui brevemente - o que lhe acabara de ocorrer aos brâmanes que habitam o eremitério do seu sogro, o rei Dyumatsena.

41 Cf. Todorov 2013: 123-127.

42 O número total de estrofes - a maior parte em quartetos, algumas em sextetos ou dísticos - é 297, somando aproximadamente 1200 versos.

43 Também chamado *Āraṇyaka-* e *Vana-parvan*. *Vana* & *āraṇyaka* são sinônimos de *araṇya* (floresta).

lio a que foram submetidos pelo primo, o Kaurava Duryodhana, por meio de jogo de dados fraudado.[44]

De um desses eventos trata a longa seção intitulada "O rapto de Draupadī".[45] Perpetrado pelo rei Jayadratha, aliado dos Kauravas, o rapto enfim termina malsucedido e a princesa é resgatada. Este caso, por sua vez, enseja a narração de dois *upākhyānas*, narrados pelo sábio Mārkaṇḍeya a Yudhiṣṭhira, a fim de responder, com exemplo e alento, às tribulações e angústias vividas pelos Pāṇḍavas. O sábio primeiro lhe conta a história de Rāma,[46] antigo rei de Ayodhyā, que, assim como Yudhiṣṭhira, perdera o trono e sofrera exílio injustamente, mas adiante pôde regressar e recuperar a condição de rei. Em seguida, narra-lhe Mārkaṇḍeya a história de Sāvitrī,[47] antiga princesa de Madra, que arrostou a morte – Yama, o deus da morte – para recuperar a vida do marido morto. A analogia, neste caso, é com a figura de Draupadī, mulher que vinha enfrentando enormes perigos e adversidades ao lado dos cinco maridos.

Em linhas gerais, o *Sāvitry-upākhyāna* pretende delinear, ensinar e fomentar, por meio do exemplo de Sāvitrī, a forma ideal do *strī-dharma*, i.e., da conduta da mulher, a saber: devoção, dedicação e serviço ao marido – destarte, à família – sob quaisquer circunstâncias. Levando-se em consideração o gênero épico e os ideais *kṣatriya* que nele se exprimem, deve a consorte, notadamente, assegurar a continuidade da linhagem real e, por conseguinte, do reino. O tema da mulher devotada ao marido (*pati-vratā*) é, com efeito, matéria tradicional da literatura sânscrita, que

44 *Mbh* 2.42-72.

45 *Draupadī-haraṇa-parvan, Mbh* 3.248-283.

46 *Rāmopākhyāna, Mbh* 3.257-273. Esta versão contém diferenças de monta com relação à história narrada no *Rāmāyaṇa*.

47 *Mbh* 3.277-283.

perpassa *itihāsas, purāṇas* e *kāvyas*,[48] e ressurge comumente em qualquer forma de representação da mulher na Índia de ontem e de hoje: trata-se de matéria nupcial ou epitalâmica, que desenha a mulher ideal para o casamento conforme a tradição bramânica.[49]

A trama que justifica a concessão do título de *pati-vratā* a Sāvitrī assenta, por sua vez, em ainda outro tema não menos tradicional da literatura sânscrita, a superação da morte. Matéria upaniṣádica por excelência, a superação da morte realiza-se na aquisição do conhecimento da essência imortal que reside incógnita nos indivíduos, denominada *ātman*. Ao conhecer e assimilar essa verdade, o ser humano primeiro se liberta do medo da morte e, mais tarde, quando morre, seu *ātman*, então livre do corpo e do ciclo transmigratório (*saṃsāra*) a que estava submetido, absor-

48 Curiosamente, um verso tradicional (citado por Aklujkar 1991: 328), que menciona cinco célebres *pati-vratās*, inclui Draupadī, mas não Sāvitrī, que lhe serve de modelo: "Ahalyā, Draupadī, Sītā, Tārā e Mandodarī: que o homem se lembre sempre dessas cinco, que destroem grandes pecados!" – *Ahalyā Draupadī Sītā Tārā Mandodarī tathā / pañcakaṃ nā smaren nityaṃ mahāpātaka-nāśanam //*. Exceto Draupadī, todas são personagens do *Rāmāyaṇa*: Ahalyā é mulher do *ṛṣi* Gautama; Sītā, de Rāma; Tārā, do rei-macaco Vālin, inimigo de Rāma; Mandodarī, de Rāvaṇa, rei-*rakṣasa* de Laṅkā e inimigo de Rāma.

49 "Nas tradições e literaturas pan-indianas, com frequência emprega-se Sāvitrī como modelo de esposa devotada. Esse mito afeta certos rituais, bem como a linguagem cotidiana. Ainda hoje, na Índia, mulheres casadas observam voto de jejum e prece pela vida longa do marido em memória de Sāvitrī. A benção que frequentemente se repete para a moça recém-casada é ainda: 'Sê como Sāvitrī pela vida!'" (*jamna-Sāvitrī bhava!*)." – *In pan-indian lore and literature Sāvitrī is often used as a standard of comparison for a devoted wife. There is a spill over of this myth in certain rituals and in every day language as well. Even today in India married women observe the vow of fasting and praying for their husband's long life in memory of Sāvitrī. The often uttered blessing for a newly married girl in India is still (jamnasāvitrī bhava) "May you be like Sāvitrī all your life"* (Aklujkar 1991: 327).

ve-se na realidade última ou absoluta, que lhe é idêntica e a que chamam *brahman*.

Nos dois primeiros capítulos da *Kaṭhopaniṣad*, texto que remonta ao segundo período de composição dessa classe de literatura, entre o IV e I AEC,[50] materializou-se a versão mais antiga e mais célebre desse embate entre o homem e a morte, expresso ali sob forma narrativa rudimentar: o jovem brâmane Naciketas levanta dúvida sobre a eficácia do sacrifício que realizava seu pai, Uṣan Vājaśravas, a fim de alcançar o paraíso (*svarga*) depois da morte. Esse questionamento encoleriza o genitor, que lança contra o filho uma imprecação (*mr̥tyave tvā dadāmi!* "Dou-te à morte!").[51] A *śāpa* (praga, maldição, imprecação) tem efeito inexorável na literatura sânscrita, e Naciketas vê-se obrigado a cumpri-la. Vai então à casa de Yama, o deus da morte, onde passará três noites sem comer ou beber até que o deus retorne de suas andanças. Em paga pela descortesia ao menino brâmane, Yama lhe concede três pedidos (*vara*): primeiro, Naciketas pede retornar são e salvo e ser recebido sem rancor pelo pai,[52] o que lhe é concedido. Pede em seguida o conhecimento de sacrifício que leve ao céu,[53] na crença – falsa – de que ali se goza de vida eterna, o que também lhe outorga o deus. O menino pede enfim saber da condição do homem depois da morte,[54] o que exigiria de Yama falar-lhe do *ātman*, revelando-lhe assim o segredo da imortalidade. O deus primeiro se nega a contemplar este pedido e procura seduzir o garoto com ofertas de riqueza e poder, de vida longa e do gozo dos mais finos prazeres mundanos,[55] ao que Naciketas resiste, percebendo com firmeza e resolução que o traço comum de tudo aquilo é a efemeridade, em suma, a sujeição à morte:

50 Aprigliano 2020: 19.
51 *KaṭhUp* 1.4.
52 *KaṭhUp* 1.10.
53 *KaṭhUp* 1.13.
54 *KaṭhUp* 1.20.
55 *KaṭhUp* 1.23-25.

Ó Morte, cada dia do mortal que passa
já que esse viço dos sentidos vai gastando,
também já toda vida sendo mesmo escassa,
que para ti fiquem cavalos, dança e canto!

O homem não se satisfaz só com riqueza.
Perseguiremos nós riquezas se te vimos?
O quanto permitires, tanto viveremos:
pois este mesmo é que há de ser o meu pedido![56]

Certo de que agora Naciketas compreende a limitação do que se pode obter pelo rito, e satisfeito com a ética firme e a disposição ascética do rapaz, Yama enfim cede: o texto então ingressa na exposição da doutrina do *ātman* e do *yoga* – ou disciplina ascética – que permite conhecê-lo e assimilá-lo, diluindo-se aos poucos a forma dialógica.[57]

No *Sāvitry-upākhyāna*, o enfrentamento da morte por parte de personagem humana em busca de bem maior ressurge em forma narrativa plenamente desenvolvida, adaptada ao fundo epitalâmico e ao ambiente *kṣatriya* do gênero épico: trata-se, como já dito, de princesa que deseja recuperar a vida do marido morto a fim de que se cumpra o dever – compartilhado do casal – de manutenção da linha de sucessão real. Assim pode-se resumir a história: o rei de Madra, Aśvapati, envelhecia sem filhos. Depois de dedicar-se por dezoitos anos à prática de jejum em honra da deusa Sāvitrī – filha de Savitṛ (o Sol) –, recebe, por intercessão dela, a graça do deus Brahmā, que concede ao casal real uma filha. Quando nasce, o pai e os sacerdotes nomeiam-na Sāvitrī em homenagem à deusa. A menina cresce exuberante e, em idade núbil, intimida os pretententes, pelo que seu pai decide enviá-la a buscar, ela mesma, marido que lhe apeteça. Sāvitrī escolhe o príncipe

56 *KaṭhUp* 1.26, 27; Aprigliano 2020: 267.
57 *KaṭhUp* 2.15 em diante.

Satyavān, filho do rei de Śālva, Dyumatsena, que ficara cego e, fragilizado, terminara destronado e exilado por um antigo inimigo. Ao saber da identidade do escolhido, o sábio Nārada, conselheiro de Aśvapati, opõe-se à escolha, advertindo o rei e a princesa de que o virtuosíssimo rapaz tem um só, mas grave defeito: resta-lhe apenas um ano de vida. Sāvitrī porém insiste em sua escolha, demonstrando imperturbável convicção ética e, a um só tempo, afetiva. Assentem assim o pai e o sábio ao casamento, que se realiza depois da visita de Aśvapati a Dyumatsena. A moça, agora mulher casada, ingressa na família do marido: para isso, despoja-se dos adornos de princesa, adota trajes de asceta e vai viver na floresta, no eremitério onde residiam, depois de expulsos do seu reino, os sogros e o marido. A eles dedica-se a princesa de maneira conforme ao que se espera da *pati-vratā*, enquanto aguarda apreensiva consumar-se o vaticínio de Nārada. A quatro dias da morte de Satyavān, realiza Sāvitrī voto pela vida do marido, sob a forma de regime ascético particular, que dura três noites. No quarto e esperado dia, Satyavān decide sair para a floresta a buscar frutos e cortar lenha, no que Sāvitrī insiste em acompanhá-lo. Na floresta, o moço sente fortes dores de cabeça e, ao que se deita no colo da mulher, surge a pessoa de Yama – o deus da morte –, que, depois de anunciar-se à princesa, laça a alma de Satyavān e parte, deixando para traz o corpo morto. Sāvitrī o segue; entabula-se então o diálogo entre a princesa e o deus. Sāvitrī proferirá a Yama cinco brevíssimos discursos: no primeiro, fala do dever da mulher, que deve permanecer sempre ao lado do marido, e da adesão ao *dharma*, em sentido lato; no segundo, discorre sobre a companhia dos bons (*santaḥ*);[58] no terceiro, define o *dharma* dos bons. No quarto discurso, Sāvitrī dignifica Yama pela sua linhagem e pela sua

58 *Santaḥ* (sg. *san)* é termo de acepção ampla que se refere aos indivíduos exemplarmente devotados ao *dharma*. Em se tratando de derivado particípio presente ativo da raiz verbal *as* “ser, existir”, poderá exprimir seu sentido etimológico noutros usos e contextos.

condição de *dharma-rāja*, rei do *dharma*, e reitera o conteúdo dos discursos anteriores. Admirado da inteligência da moça e de sua disposição ética inabalável de *pati-vratā*, o deus, a cada arenga, lhe concede um pedido, "exceto a vida de Satyavān" (*vinā punaḥ Satyavato'sya jīvitam*).[59] Sāvitrī primeiro pede que o sogro recobre a visão; em seguida, que recupere o reino; e, em terceiro lugar, que o pai tenha cem filhos legítimos. A tudo assente Yama. Como quarto pedido, a princesa pede gerar, ela mesma, centena de filhos "naturais meus, bem como legítimos de Satyavān" (*mamātmajaṃ Satyavatas tathaurasam*),[60] ao que o deus também assente, sem atinar para o ardil que se oculta na sagacidade dessas palavras. Segue-se a isso a quinta arenga de Sāvitrī, composta de série de sentenças sobre a conduta exemplar dos bons e de sua função de alicerces e guardiães da ordem (*dharma*). Especialmente satisfeito, e declarando mesmo afeição à princesa, Yama agora lhe concede quinto pedido "sem par" (*apratimam*).[61] Faz então Sāvitrī, em tom deveras comovente, o pedido que antes lhe fora negado, constragendo a divindade, como *dharma-rāja* que é, a cumprir a palavra que empenhara no pedido anterior:

> "– Não há libertação sem o teu favor. Assim, como nos outros pedidos, ó doador de honra, peço-te que Satyavān viva!
> Pois estou morta sem o meu marido!
> Sem o meu marido, não desejo alegria.
> Sem o meu marido, não desejo o céu.
> Sem o meu marido, não desejo riqueza.
> Órfã de meu marido, decido não viver!

59 Cap. 5/*Mbh* 3.281.30.
60 Cap. 5/*Mbh* 3.281.45.
61 Cap. 5/*Mbh* 3.281.50.

> Essa dádiva de gestar mais, de gerar cem filhos, foi-me dada por ti, mas o marido me tolhes! Peço-te que Satyavān viva! Tua palavra há de ser verdadeira!"[62]

Yama agora assente, concedendo a Sāvitrī não só a vida de Satyavān, mas ainda que vivam juntos quatrocentos anos. Depois de reiterar a futura realização de todos os pedidos concedidos, o deus então parte; e a princesa regressa com a alma do marido ao lugar onde se achava o cadáver: Satyavān recobra a consciência.

Aqui se conclui – ponto nodal da narrativa – a reconfiguração épica do encontro upaniṣádico. Desse ponto em diante, como de praxe no gênero da fábula, assistiremos à recomposição integral da ordem rompida, i.e., das coisas e pessoas a seu estado ideal, o que se inicia com o retorno do jovem casal ao eremitério dos sogros e a recuperação da visão por Dyumatsena. A história enfim termina com a reinstalação de Dyumatsena no trono de Śālva e a consagração de Satyavān como príncipe herdeiro. Em epílogo, o narrador Mārkaṇḍeya faz menção ao tempo futuro da história, quando já se realizaram os demais pedidos da Sāvitrī (o nascimento dos cem filhos seus e dos cem de seus pais, Aśvapati e Mālavī), encerrando-se o texto, no tempo presente do narrador, com as alvíssaras de que Draupadī – como o foi Sāvitrī pela de Satyavān – haverá de ser a responsável pela salvação dos Pāṇḍavas.

Ainda que dê azo a muitas vias de análise, em seu plano mais geral, como dito acima, o *Sāvitry-upākhyāna* apropria-se do tema filosófico da superação da morte, que se originara no ambiente a um só tempo sacerdotal e especulativo das *Upaniṣadas*, redesenhando-o e ressignificando-o como tema moral, em contexto *kṣatriya* e com protagonista feminino. Na personagem de Sāvitrī, afirma-se com efeito a versão mais arrojada e diligente de *pati-*

62 Cap. 5/*Mbh* 3.282.52-53.

-*vratā* de que se tem notícia na literatura sânscrita.[63] Por outro lado, e em consequência disso, a ideia de superação da morte termina por desembaraçar-se do sentido filosófico radical e transcendente que possuía nas *Upaniṣadas*, reduzindo-se à sua dimensão metafórica, que conjuga os ideais tradicionais de longevidade e sucessão da linhagem: ao fim e ao cabo, a fábula adere ao conceito de imortalidade que vigia antes da crítica upaniṣádica, i.e., no vedismo – o bramanismo ritualista –, onde significava tão somente a continuidade material da vida do corpo do pai no corpo do filho.

6. DO TEXTO SÂNSCRITO

O *Sāvitry-upākhyāna* é um texto em versos. Nele empregam-se três metros,[64] em frequência decrescente, e em proporção –

63 Comparando-a com outras célebres *pati-vratās*, conclui Aklujkar (1991: 328; cf. também n. 48): "Todas essas são, de certa forma, mulheres passivas, que suportam provações e mesmo assim saem virtuosas e devotadas a seus maridos. ... Sāvitrī porém superou a todas elas. Longe de ser passiva, ela assume o controle da situação sempre que surgem obstáculos. ... Tudo isso faz dela personagem única: não há outra que se compare com essa *pati-vratā* ativa, seja no seu tempo ou posteriormente. ... Sāvitrī exibe, em suma, as qualidades ideais (conforme a tradição literária indiana) antes do herói que da heroína, e no entanto a força que guia suas ações parece ser o amor pelo marido". – *All these are somehow passive women, who endure ordeals and yet come out virtuous and devoted towards their husbands. ... But Sāvitrī has outdone them all. Far from being passive, she takes charge of the situation whenever there is a stumbling block. ... All this puts her in a class by herself. There is no match for this active pativratā, either in her own era or in later ones. ... So all things considered, Sāvitrī exibits the ideal qualities (as recognized by the Indian literary tradition,) of a hero, not so much of a heroine, and yet the guiding force behind all her activity seems to be her love for her husband.*

64 Para exposição concisa dos metros utilizados na poesia sânscrita, consulte-se o "*Appendix I: Sanskrit Prosody*", do dicionário de Apte (1890).

aparentemente – semelhante à do seu emprego no restante do Mahābhārata, a saber: *anuṣṭubh*, *vaṃśastha* & *indra-vajrā*.

Antes de descrevê-los, convém observar que a literatura sânscrita não conhece o tipo de poesia composta de linhas métricas independentes – *katà stíkhon* – como é o caso do verso hexâmetro dos poemas épicos gregos e romanos: os metros sânscritos sempre se agrupam em estrofes (*padya*), em geral de quatro linhas métricas (*pāda*). Ademais, na língua sânscrita, em conformidade com a sua fonologia, a cadeia rítmica segmenta-se em pontos pesados ou leves, as sílabas métricas, que imprimem nos ouvidos o sentimento da duração mais longa/arrastada ou mais breve/ligeira dos sons: a sílaba é leve quando é aberta e tem a vogal breve; é pesada, quando, fechada ou aberta, tem a vogal longa, ou quando tem a vogal breve, mas é fechada. Salvo em situações especiais, a distinção de duração é binária: o segmento longo (pesado) dura duas vezes mais que o breve (leve). A bráquia [˘] e o macro [–], sinais usados para representar a duração breve e longa das vogais, são também empregados, na notação métrica, para a representação do peso silábico, i.e., das sílabas leve e pesada, respectivamente. Dito isso, passemos aos metros.

Anuṣṭubh – também denominado *śloka* e *vaktra* – é uma estrofe de quatro *pādas* de oito sílabas. Quanto ao padrão rítmico, apenas três sílabas, a quinta, a sexta e a sétima de cada *pāda*, formam cadência fixa: nos *pādas* ímpares, a sequência é [˘ – –]; nos pares, [˘ – ˘]. O esquema métrico é:

1a x x x x [˘ – –] x |
2b x x x x [˘ – ˘] x |
3a x x x x [˘ – –] x |
4b x x x x [˘ – ˘] x |

O sinal “x” representa a sílaba ancípite, i.e., de peso indiferente, que poderá ser leve ou pesada. Como exemplo, veja-se o primeiro verso do *Sāvitry-upākhyāna*, com as cadências fixas marcadas em negrito:

*nātmānam a**nuśocā**mi*
*nemān bhrātṝn **mahāmu**ne*
*haraṇaṃ cā**pi rājya**sya*
*yathemāṃ dru**padātma**jām.*[65]

Seu desenho métrico é:

1a - - ˘ ˘ [˘ - -] ˘ |
2b - - - - [˘ - ˘] - |
3a ˘ ˘ - - [˘ - -] ˘ |
4b ˘ - - ˘ [˘ - ˘] - |

A notação musical, a meu ver, representa com mais clareza a pauta rítmica. Tomando-se, e.g., as figuras da colcheia [♪] e da semínima [♩] para revestir a oposição entre tempo breve e longo, assim se escreve o ritmo da mesma estrofe (com as cadências fixas sublinhadas):[66]

*1a nātmānam a**nuśocā**mi* *2b nemān bhrātṝn **mahāmu**ne*
♩ ♩ ♪ ♪ ♪ ♩ ♩ ♪ ♩ ♩ ♩ ♩ ♪ ♩ ♪ ♩

*3a haraṇaṃ cā**pi rājya**sya* *4b yathemāṃ dru**padātma**jām*
♪ ♪ ♩ ♩ ♪ ♩ ♩ ♪ ♪ ♩ ♩ ♪ ♪ ♩ ♪ ♩

65 *Mbh* 3.277.1; Cap. 1.1: "– Não me lamento por mim nem por meus irmãos aqui presentes, nem mesmo pela tomada do reino, grande *muni*, como pela filha de Drupada".

66 Aqui o objetivo é tão somente a exposição do fenômeno rítmico. A boa recitação dos versos dependerá, como é de esperar, do bom conhecimento dos sons da língua e dos pormenores de pronúncia.

Já no *vaṃśastha* – também chamado *vaṃśa-sthavila* ou *vaṃśa-stanita* –, o *pāda* tem doze sílabas. Nesse tipo de metro, é fixa a cadência em todo o *pāda*, sendo ancípite tão somente a última sílaba – o que, a propósito, é lei métrica universal, dado que a última sílaba não exerce influência na percepção do ritmo poético. Este metro apresenta, ademais, cesura[67] [//] depois da quinta sílaba, que divide o *pāda* em dois hemistíquios, de cinco e sete sílabas, respectivamente. O esquema métrico é:

|⏑ – ⏑ – – // ⏑ ⏑ – ⏑ – ⏑ x|

Como exemplo desse tipo, veja-se a seguinte estrofe do nosso texto, já acompanhada da pauta rítmica:

1 *cyutāḥ sma rājyād // vanavāsam āśritāś*

♪ ♩ ♪ ♩ ♩ ♪ ♪ ♩ ♪ ♩ ♪ ♩

2 *carāma dharmaṃ // niyatās tapasvinaḥ;*

♪ ♩ ♪ ♩ ♩ ♪ ♪ ♩ ♪ ♩ ♪ ♩

3 *kathaṃ tvanarhā // vanavāsam āśrame*

♪ ♩ ♪ ♩ ♩ ♪ ♪ ♩ ♪ ♩ ♪ ♩

4 *sahiṣyate kleś- // am imaṃ sutā tava.*[68]

♪ ♩ ♪ ♩ ♩ ♪ ♪ ♩ ♪ ♩ ♪ ♩

67 Cesura é um "corte" rítmico, que se manifesta, a depender do tipo de verso, como pausa mais forte, mais leve, ou tão somente como desaceleração da cadência recitativa.

68 *Mbh* 3.279.9; Cap. 3.9: "– Expulsos do nosso reino, refugiados na floresta, praticamos o *dharma* como disciplinados ascetas. Como tua filha há de suportar a vida num eremitério na floresta, sofrimento que não lhe cabe?"

No *indra-vajrā*, enfim, tem o *pāda* onze sílabas, que seguem cadência muito semelhante à do *vaṃśastha*. A cesura cai também depois da quinta sílaba, dividindo o *pāda* em dois hemistíquios, agora de cinco e seis sílabas:

| - - ⏑ - - // ⏑ ⏑ - ⏑ - x |

Os exemplos desse metro que se acham no *Sāvitry-upākhyāna* apresentam, todos, irregularidades, por assim dizer,[69] como se pode observar na estrofe a seguir, em que o último *pāda* diverge dos anteriores na quarta e sexta sílabas (marcadas em negrito, na transliteração; sublinhadas, na pauta rítmica):

1 *nānātmavantas // tu vane caranti*

♩ ♩ ♪ ♩ ♩ ♪ ♪ ♩ ♪ ♩ ♪

2 *dharmaṃ ca vāsaṃ // ca pariśramaṃ ca*

♩ ♩ ♪ ♩ ♩ ♪ ♪ ♩ ♪ ♩ ♪

3 *vijñānato dhar- // mam udāharanti*

♩ ♩ ♪ ♩ ♩ ♪ ♪ ♩ ♪ ♩ ♪

4 *tasmāt* ***san****to dhar- // mam* ***ā****huḥ pradhānam.*[70]

♩ ♩ <u>♩</u> ♩ ♩ ♪ <u>♩</u> ♩ ♪ ♩ ♪

69 Nos *itihāsas*, os metros derivados do *triṣṭubh* védico – como é caso do *indra-vajrā* – mantiveram parcialmente a maleabilidade de distribuição de sílabas leves e pesadas que apresentava o metro antigo, sem a rigidez que assumiram na poesia clássica.

70 *Mbh* 3.281.23; Cap. 5.23: "– Diferentes são os tipos de pessoas que praticam o *dharma*, a residência na floresta e a ascese, e que, com base no conhecimento, proclamam o *dharma*. Por isso, dizem os bons que o *dharma* é o que mais importa".

No que tange à economia do emprego desses metros no *Sāvitry-upākhyāna* – bem como no *Mahābhārata*, de maneira geral –, o *anuṣṭubh* pode-se dizer que é o "metro de base", de longe o mais frequente, empregado no corpo da narração, o que inclui as descrições e os diálogos. Os demais metros, em geral mais longos, como estes *indra-vajrā* e *vaṃśastha* que descrevi acima, costumam revestir discursos, preces, récitas, em suma, procedimentos discursivos especiais – subgêneros, por assim dizer, incrementos à narração. Este é o caso em nosso texto, onde revestem, salvo por uma troca de palavras entre Dyumatsena e Aśvapati no capítulo 3,[71] os cinco discursos de Sāvitrī (e as réplicas de Yama) no capítulo 5 (*Mbh* 3.282) – mencionados no item anterior.

Para concluir, convém notar, sobre o emprego dos metros longos, que o revestirem sobretudo os discursos de Sāvitrī acentua traço dessa personagem que ficou apenas subentendido na breve análise que apresentei no item 5: trata-se de sua *pāṇḍitya* ou erudição, verificável, portanto, não só na matéria dos discursos, mas também na forma métrica especial que assumem. A capacidade de variar a forma – aqui o metro – conforme a necessidade da matéria e a estatura do interlocutor (que, aliás, responde à altura!) revela-se procedimento retórico intencional, que se harmoniza com os demais traços singulares que caracterizam a personagem de Sāvitrī.

7. DA TRADUÇÃO

Apesar do exposto acima, os três tradutores decidimos de comum acordo escrever nossa tradução em prosa, em virtude, sobretudo, da natureza didática e formativa do projeto de que deriva,[72] o qual não previa o estudo do verso nem o exercício da tradução metrificada. Não obstante, mantivemos sob nossa pers-

71 Em metro *vaṃśastha*: *Mbh* 279.9-10.

72 Cf. o item 8 a seguir, sobre o projeto e os procedimentos de trabalho.

pectiva escrever prosa tal que pudesse evocar de maneira consistente – e convincente – a elocução do texto original. Para esse fim, assentamos duas diretrizes de estilo. Primeiro – critério basilar –, estabelecemos que, em se tratando, o texto a traduzir, de obra épica, devia a tradução ser exarada em estilo elevado. Em segundo lugar, consideramos que certos traços característicos dessa linguagem – sobretudo o emprego de epítetos e qualificadores atributivos – mereciam receber, devido ao seu caráter formular, tratamento sistemático. Ao fim e ao cabo, nas idas e vindas do processo de escritura, achamos por bem que se fixasse uma terceira diretriz: esmerarmo-nos no tratamento de aspectos da elocução por meio dos quais a prosa lograsse rememorar ou evocar ao leitor a composição métrica em que se baseia. Sobre essas três diretrizes falarei em seguida, ilustrando-as brevemente com exemplos da tradução.

Quanto à primeira, cuidamos de que o estilo se mantivesse sempre elevado e invulgar, polido de acordo com o padrão tradicional da elocução literária em língua portuguesa, sobretudo nos torneios sintáticos, no emprego das formas de tratamento e na seleção do vocabulário: palavras e construções de tom moderno, familiar ou coloquial, se necessárias, deveriam ser cuidadosamente empregadas, de modo que se justificassem nas palavras do texto original, não destoassem do decoro da passagem e, a um só tempo, lhe acrescentassem colorido desejável, fosse no plano do sentido, do som, ou em ambos. Como exemplo disso, veja-se a forma de tratamento familiar – da qual só há dois exemplos em todo o texto – com que Sāvitrī se dirige ao sogro Dyumatsena no breve diálogo abaixo, que tem lugar quando a princesa decide realizar voto ascético pela vida de Satyavān, dias antes da morte do marido:

> "– Demasiado austera essa empresa que inicias, princesa; permanecer de pé três noites é coisa dificílima!"
> Disse Sāvitrī:

"– Não te aflijas, *papai (tāta)*! Cumprirei o voto, pois é fruto de convicção; convicção é o motivo."

Disse Dyumatsena:

"– Não me cabe aconselhar-te a quebrares teu voto. Alguém como eu deve antes dizer-te o que é apropriado: que o cumpras!"[73]

"Papai" traduz literalmente o sânscrito *tāta*, termo familiar para *pitṛ* ("pai"). Embora não tenha, de imediato, a mesma amplitude de uso que a forma sânscrita, a forma portuguesa, por familiar e coloquial, bem como tradicional do diálogo literário, é capaz de amoldar-se às necessidades semânticas e expressivas da passagem: aqui Dyumatsena, pai de Satyavān, demonstra, em tom deferente e ponderado, grande preocupação pelo bem-estar físico da nora diante da empresa ascética que ela pretende realizar. Na resposta de Sāvitrī, a forma de tratamento familiar confere à passagem o colorido afetivo desejável, dado que acrescenta à fala poder persuasivo: a princesa aí está a reafirmar sua convicção ética inabalável de *pati-vratā*, e obtém em seguida, do sogro, tratando-o como substituto da figura paterna, o assentimento que buscava.

Quanto aos traços formulares da elocução épica, detenho-me aqui em ilustrar dois procedimentos que comumente empregamos para traduzir epítetos e outros qualificadores, sobretudo aqueles expressos por meio de compostos nominais.

A composição nominal, fenômeno deveras produtivo na formação de palavras em sânscrito, em nossa língua constitui procedimento apenas marginal. Destarte, surge no nosso uso literário só escassamente, por preferência estética do tradutor, ou em formações antigas e já cristalizadas. Nós, de nossa parte, na tradução desse tipo de formação nominal, preferimos seguir a toada vernacular e, baseados na análise dos campos semânticos e das figuras

73 Cap. 4/*Mbh* 3.280.5-7.

em tela, expressar o sentido por meio de dois procedimentos de tradução, que podemos denominar "analítico" e "sintético".

O procedimento analítico consiste, por assim dizer, em "abrir" o composto nos seus membros e traduzi-lo por sintagma extenso em português, suprindo, quando necessário, algum elemento elíptico (comum em estruturas desse tipo). Veja-se, e.g., o composto *dharmātman*, que qualifica, ao serem apresentados na narrativa, aos dois reis, Aśvapati e Dyumatsena:

> Havia entre os habitantes de Madra um rei de alma devotada ao *dharma (dharmātmā)*, supremamente pio. (...) chamava-se Aśvapati.[74]

> "- Havia entre os habitantes de Śālva um *kṣatriya* de alma devotada ao *dharma (dharmātmā)*, senhor dessa terra, chamado Dyumatsena".[75]

Este composto é formado de dois substantivos, *dharma* e *ātman*. Conforme a classificação tradicional indiana, trata-se de um *bahuvrīhi-samāsa* (composto possessivo ou atributivo), que se analisa da seguinte maneira: *dharme/dharmāya ātmā yasya sa dharmātmā*, i.e., "*Dharmātman* é aquele cujo *ātman* (alma) [está/reside] no *dharma* (caso locativo) ou [é afeito ou propenso] ao *dharma* (caso dativo)". A ideia elíptica é aqui a noção da constância da alma - leia-se, do indivíduo, do seu caráter - no *dharma*, ou da sua disposição e dedicação a ele. Nós traduzimos este composto, pelo método analítico, como sintagma extenso, explicitando, por meio de adjetivo ("devotada"), o conteúdo semântico subjacente que conecta os dois nomes - "alma" e "*dharma*" - como núcleo e complemento nominal; para expressar a conexão do sintagma atributivo ao substantivo qualificado, optamos pela preposição ("de"): "de alma devotada ao *dharma*".

74 Cap. 1/*Mbh* 3.277.5.
75 Cap. 2/*Mbh* 3.278.7.

Já o procedimento sintético, este, por sua vez, consiste em exprimir por meio de um único item lexical de nossa língua o conteúdo semântico que resulta da relação entre os membros de um composto nominal sânscrito. Exemplo desse procedimento se pode ver no modo como traduzimos o composto *jitendriya*, que qualifica os dois reis supramencionados, bem como a Satyavān. A este último, no seguinte passo:

> "É contido, terno e corajoso; é honesto, equilibrado (*jitendriyaḥ*) e afetuoso; não é invejoso, mas modesto e resoluto".[76]

Assim como *dharmātman*, *jitendriya* é também exemplo de *bahuvrīhi-samāsa*, formado do particípio passado passivo *jita* ("vencido, dominado") e do substantivo neutro *indriya* ("sentido físico"). Pelo método tradicional, assim se analisa: *yena jitāni indriyāṇi sa jitendriyaḥ*, i.e., "*Jitendriya* é aquele por quem os sentidos (físicos) foram vencidos/dominados". Observando-se o contexto e, sobretudo, levando-se em consideração o fato de que o qualificado é personagem *kṣatriya* – o qual, ademais, ao fim da história, será sagrado príncipe herdeiro, para ser futuro rei de Śālva –, conclui-se que o domínio sobre os sentidos que se expressa por meio dessa construção não é aquele, mais radical, que caracteriza o asceta ou o renunciante, mas sim o que convém à conduta do monarca para com os seus súditos. Nós, portanto, operando por síntese, comprimimos a ideia toda no adjetivo português "equilibrado", capaz de sugerir, a um só tempo, o controle de temperamento e a conduta condizente, que afetam positivamente a percepção de terceiros.

Ainda no que tange a este tema, esforçamo-nos, em princípio, por ser sistemáticos, i.e., para que a cada termo ou torneio sânscrito fizéssemos corresponder uma única solução em português. No entanto, em linguagem literária, convém mediar o rigor

76 Cap. 2/*Mbh* 3.278.19.

com a sensibilidade à variação, que confere ao texto ora maior complexidade semântica, ora maior elegância no plano do ritmo e da sonoridade. Exemplo singelo disso é o tratamento do adjetivo *brahmaṇya*, empregado duas vezes, em versos consecutivos, para qualificar Satyavān:[77] no primeiro, foi traduzido por "pio"; no segundo, dada a proximidade das ocorrências, pela forma – de mesma base, mas de sufixação distinta – "piedoso".

Passo, enfim, à terceira e última diretriz enunciada acima, a de incrementar a prosa com elementos que remetessem à forma métrica da composição original. Cuidamos, para isso, de distribuir ao longo do texto recursos de elocução poética e de linguagem versificada, tais como as figuras de sintaxe e de som, cláusulas métricas e mesmo versos inteiros. Para exemplo, retomo a descrição dos atributos de Satyavān, já citada parcialmente acima:

> "É contido, terno e corajoso; é honesto, equilibrado e afetuoso; não é invejoso, mas modesto e resoluto. Habita sempre nele a retitude, e rija é a constância que possui. Em suma, eis o que dele dizem os de austeridade grande e magna virtude".[78]

Notam-se, de imediato, as figuras de som: apresentam assonância por homeoteleuto os adjetivos "corajoso", "afetuoso" e "invejoso"; "honesto" e "modesto"; e os substantivos "retitude" e "virtude", entre os quais medeiam, ainda, em assonância simples, a forma verbal "possui" e a locução adverbial "em suma". Observe-se também a inversão da posição dos qualificadores – figura de sintaxe denominada quiasmo – nos sintagmas coordenados "austeridade grande" e "magna virtude".

Quanto à composição, atente-se ao paralelismo no primeiro período: é todo ele composto de três membros (separados por ponto e vírgula), em que se agrupam os adjetivos três a três:

77 Cap. 2/*Mbh* 3.278.16-17.
78 Cap. 2/*Mbh* 3.278.19-20.

É contido, terno e corajoso;
é honesto, equilibrado e afetuoso;
não é invejoso, mas modesto e resoluto.

Forma, ademais, cada membro, padrão rítmico de verso, com aumento progressivo do número de sílabas (nove, onze e doze sílabas poéticas, respectivamente), o que provoca o efeito de um *crescendo* no plano sonoro.

Enfim, cabe assinalar que foram exaradas em decassílabos heroicos – verso que caracteriza os poemas épicos clássicos em língua portuguesa, com acento na segunda, sexta e décima sílabas – as orações coordenadas de que se compõe o segundo período:

Ha**bi**ta sempre **ne**le a reti**tu**de,
e **ri**ja é a cons**tân**cia que pos**sui**.

O caráter descritivo dessa passagem decerto contribuiu para que aí decidíssemos concentrar variados elementos de elocução poética e de composição versificada. No entanto, a distribuição de semelhantes procedimentos de estilo se fez em diferentes proporções, conforme nos pareceu apropriado em cada caso.

8. DO PROJETO

Em agosto de 2022, iniciei, com dois alunos dos meus cursos de língua sânscrita na Faculdade de Letras da FFLCH-USP, Johnny Dotta e João Marcos Chagas Duarte, grupo de leitura informal. O texto a ser lido era o *Sāvitry-upākhyāna*.

Durante o primeiro semestre de 2023, pareceu-me que a boa química do grupo conduzia à ampliação do trabalho. Sugeri então aos rapazes que não só lêssemos o texto juntos, mas também que dele escrevêssemos, a seis mãos, uma tradução. Propus-lhes, ainda, que formalizássemos aquelas reuniões como grupo de pesquisa, registrado pelo CNPq. Assentiram ambos, e o grupo tornou-se oficial, registrado por mim sob o nome de *MADANA - Círculo de formação em tradução do sânscrito.*

Para realizar esta tradução, nós trabalhamos em três fases. Em primeiro lugar, como dito acima, houve as sessões de leitura, que envolviam a enunciação e tradução orais do texto, o que cabia, em geral, aos estudantes; a mim, como instrutor, cabia conduzir e supervisionar aquele processo, verificando, e.g., a correção de pronúncia e da recitação do metro, esclarecendo problemas de entendimento do texto, comentando filigranas de vocabulário, morfologia e sintaxe, suprindo referências textuais e culturais, etc.

A segunda fase do trabalho se iniciou, quando, já um tanto calejados, passamos a também deitar por escrito a tradução do texto. Seguíamos nas sessões de leituras o mesmo método descrito acima. No entanto, nesta fase, da porção de texto que líamos em cada sessão, Johnny e João Marcos começaram a escrever, em dupla, um primeiro esboço de tradução, que era por mim, em seguida, revisado e retrabalhado com demão literária. Este processo foi concluído em meados do segundo semestre de 2023.

Iniciou-se então a terceira e - quase - última fase do trabalho, quando os três passamos a trabalhar juntos na leitura e discussão daquele texto que passara pelas três etapas supracitadas: o primeiro esboço, a primeira revisão, e a primeira demão de labor literário. Nessas reuniões, revisamos o texto uma vez mais, metodicamente, debatendo, agora, ademais, as preferências estilísticas de cada um, a fim de chegar a um texto final que fosse de comum acordo dos três tradutores. Acabamos isso tudo já no início de 2024, em sessões - infelizmente - remotas, devido aos compromissos de cada um.

Quanto às notas, bem como a introdução que aqui se lê, escrevi-as eu, em fase, digamos, de pós-produção (quarta fase!), quando os editores já aguardavam pelo texto.

Este projeto, que ora se conclui nesta publicação é o primeiro - inaugural - deste grupo. Espero que, oportunamente, o grupo volte a se reunir para apresentar ao público interessado na literatura da Índia Antiga novas traduções: que mais histórias da Índia Antiga lhes venham por essas – ora já mais calejadas – seis, bem como por ainda outras mãos!

Aproveito o ensejo para agradecer aos meus parceiros tradutores, Johnny e João Marcos, pelas reuniões de leitura deveras prazerosas, instrutivas e divertidas, bem como pelo trabalho sério e cuidadoso de tradução, discussão e revisão, e – não menos – pela paciência em aguardar esta introdução e as notas à tradução – que se atrasaram mais do que o previsto, por motivos de força maior –, a fim de que pudéssemos, enfim, entregar os originais para publicação. Agradeço também aos editores, Marcelo Azevedo e Felipe Campos, pelo interesse em nosso trabalho e por aguardarem pacientemente a entrega dos originais. Agradeço, ademais, aos profissionais da editora que cuidaram do processo de edição.

Mando, enfim, aquele abraço aos amigos, cuja presença, mesmo que à distância, sempre nos ajuda a desbastar bastas veredas.

सावित्र्युपाख्यानम् * | História de Sāvitrī

* Texto sânscrito conforme a edição crítica de Puna: *The Mahābhārata: Text as constituted in its Critical Edition – Volume I: Ādi, Sabhā, Āraṇyaka and Virāṭa-parvans*. Puna: Bhandarkar Oriental Research Institute, 1971.

प्रथमोऽध्यायः [२७७]

Capítulo 1 [*Mbh* 3.277.1-41]

युधिष्ठिर उवाच ।
नात्मानमनुशोचामि नेमान्भ्रातॄन्महामुने ।
हरणं चापि राज्यस्य यथेमां द्रुपदात्मजाम् ॥ १ ॥
द्यूते दुरात्मभिः क्लिष्टाः कृष्णया तारिता वयम् ।
जयद्रथेन च पुनर्वनादपहृता बलात् ॥ २ ॥
अस्ति सीमन्तिनी काचिद्दृष्टपूर्वाथ वा श्रुता ।
पतिव्रता महाभागा यथेयं द्रुपदात्मजा ॥ ३ ॥

1 **Yudhiṣṭhira:** primogênito dos cinco Pāṇḍavas – i.e., filhos de Pāṇḍu – e herdeiro do trono de Hastināpura. São seus irmãos Bhīma, Arjuna, Nakula e Sahadeva. Nenhum deles é, em verdade, filho natural de Pāṇḍu, pois este fora proibido de copular devido a uma maldição do *ṛṣi* Kindama (*Mbh* 1.90.65). Pāṇḍu, destarte, pedirá a Kuntī, sua mulher, fazer uso do mantra que aprendera do brâmane Durvāsas – mantra esse que lhe dava o poder de convocar os deuses para deles gerar filhos (*Mbh* 1.104.6, 7) –, o que ela faz e assim, do deus Dharma (Lei/Ordem) gera Yudhiṣṭhira, de Vāyu (Vento), Bhīma, e de Indra, Arjuna. Depois de dar à luz esses três, Kuntī ensina o mantra à co-esposa Mādrī, que gera os gêmeos Nakula e Sahadeva dos deuses gêmeos Aśvins (*Mbh* 1.113.31-1.115).

2 ***Muni*:** um dos vários termos para "sábio" em sânscrito.

3 **Filha de Drupada** (*drupadātmajā*):, forma composta do patronímico "Draupadī", de mesmo sentido.

4 **Kṛṣṇā:** prenome de Draupadī.

Disse Yudhiṣṭhira:[1]

1. – Não me lamento por mim nem por meus irmãos aqui presentes, nem mesmo pela tomada do reino, grande *muni*,[2] como pela filha de Drupada.[3] 2. Quando acossados no jogo por aquela gente perversa, foi Kṛṣṇā[4] que nos salvou;[5] e mais tarde ela ainda viria a ser levada da floresta à força por Jayadratha![6] 3. Alguma vez se viu ou se ouviu falar de mulher mais devotada ao marido[7] e valorosa que esta filha de Drupada?

5 **Foi Kṛṣṇā que nos salvou:** refere-se Yudhiṣṭhira ao célebre jogo de dados (*dyūta*) armado por Duryodhana– aqui referido, junto com os demais Kauravas, como "gente perversa" (*durātmānaḥ*). Na febre do jogo, Yudhiṣṭhira apostara tudo – inclusive a sua própria liberdade, bem como a de seus irmãos – e a tudo perdera. Duryodhana concederá então a Draupadī três pedidos: primeiro, ela pede a liberdade de Yudhiṣṭhira e, em seguida, a dos demais Pāṇḍavas; declina, porém, do terceiro pedido. O episódio completo do jogo de dados é narrado em *Mbh* 2.43-65.

6 **Jayadratha:** rei de Sindhu e aliado dos Kauravas. De passagem pela floresta Kāmyaka, onde os Pāṇḍavas cumpriam seu exílio, avista Draupadī e, tomado de desejo, rapta-a para fazer dela sua mulher. O rapto, no entanto, será breve, pois ela logo em seguida será resgatada pelos maridos. Cf. *Mbh* 3.248-257.

7 **Devotada ao marido** (*pati-vratā*):, anuncia-se aqui o tema central do conto que se segue. Cf. "Introdução", item 5.

मार्कण्डेय उवाच ।
शृणु राजन्कुलस्त्रीणां महाभाग्यं युधिष्ठिर ।
सर्वमेतद्यथा प्राप्तं सावित्र्या राजकन्यया ॥ ४ ॥

आसीन्मद्रेषु धर्मात्मा राजा परमधार्मिकः ।
ब्रह्मण्यश्च शरण्यश्च सत्यसंधो जितेन्द्रियः ॥ ५ ॥
यज्वा दानपतिर्दक्षः पौरजानपदप्रियः ।
पार्थिवोऽश्वपतिर्नाम सर्वभूतहिते रतः ॥ ६ ॥
क्षमावाननपत्यश्च सत्यवाग्विजितेन्द्रियः ।
अतिक्रान्तेन वयसा संतापमुपजग्मिवान् ॥ ७ ॥
अपत्योत्पादनार्थं स तीव्रं नियममास्थितः ।
काले परिमिताहारो ब्रह्मचारी जितेन्द्रियः ॥ ८ ॥

8 **Mārkaṇḍeya:** *maharṣi* ou *mahāmuni* – i.e., "grande sábio" – que intervém em inúmeras ocasiões, ao longo do *Mahābhārata*, em geral para consolar ou aconselhar os Pāṇḍavas, como faz aqui, narrando a Yudhiṣṭhira este *upākhyāna* (cf. "Introdução", item 4). Conforme o *Index to the Names in the Mahābhārata* (*s.v.*), Mārkaṇḍeya "vivera muitos milhares de anos, mas tinha a aparência de um jovem de vinte e cinco anos e era imortal" – *(...) had lived many thousand years, but looked like a youth of twenty-five years old and was immortal.*

9 **Madra:** país no Panjab (noroeste do subcontinente indiano), na região por onde correm os rios Ravi e Chenab.

Disse Mārkaṇḍeya:[8]

4. – Escuta, majestade, que te direi como, dentre as mulheres bem-nascidas, a princesa Sāvitrī alcançou excelência tal.

5. Havia entre os habitantes de Madra[9] um rei de alma devotada ao *dharma*,[10] supremamente pio. Varão religioso, servia de esteio para os seus, era fiel à sua palavra, equilibrado. 6. Sacrificava e concedia generoso; era arguto e querido pelo povo, fosse do campo ou da cidade. Esse rei, zeloso pelo bem de todas as criaturas, chamava-se Aśvapati.

7. Paciente, sincero e equilibrado, porém sem filhos, angustiava-se o rei com o avanço da idade. 8. Então, para obter descendência, submeteu-se a rígida disciplina: viver por certo tempo em castidade, mantendo controlados a alimentação e os sentidos.

10 ***Dharma:*** trata-se de termo polissêmico, que se refere ora à conduta correta do indivíduo no âmbito de determinada doutrina ético-religiosa, ora à própria doutrina em questão. Refere-se também à conduta como dever e prerrogativa de classe ou função, conceitos que se podem subsumir no termo *varṇa* (lit. "cor" → "classe"), e.g.: *kṣatriya-dharma* é a conduta dos membros da classe guerreira (cf. nota ao verso 2.7); *rāja-dharma*, a conduta do rei, i.e., daquele que, sendo membro da classe guerreira, exerce a função de rei – como é o caso de Aśvapati. Enfim, em sentido mais amplo, no âmbito do bramanismo ou, mais tarde, daquilo que se convenciona chamar hinduísmo, *dharma* significa "ordem", a qual permeia os planos cósmico e social, mantendo-os coesos. A esse conceito se contrapõe o de *adharma* ou "desordem".

हुत्वा शतसहस्रं स सावित्र्या राजसत्तम ।
षष्ठे षष्ठे तदा काले बभूव मितभोजनः ॥ ९ ॥
एतेन नियमेनासीद्वर्षाण्यष्टादशैव तु ।
पूर्णे त्वष्टादशे वर्षे सावित्री तुष्टिमभ्यगात् ।
स्वरूपिणी तदा राजन्दर्शयामास तं नृपम् ॥ १० ॥
अग्निहोत्रात्समुत्थाय हर्षेण महतान्विता ।
उवाच चैनं वरदा वचनं पार्थिवं तदा ॥ ११ ॥
ब्रह्मचर्येण शुद्धेन दमेन नियमेन च ।
सर्वात्मना च मद्भक्त्या तुष्टास्मि तव पार्थिव ॥ १२ ॥
वरं वृणीष्वाश्वपते मद्रराज यथेप्सितम् ।
न प्रमादश्च धर्मेषु कर्तव्यस्ते कथंचन ॥ १३ ॥
अश्वपतिरुवाच ।
अपत्यार्थः समारम्भः कृतो धर्मेप्सया मया ।
पुत्रा मे बहवो देवि भवेयुः कुलभावनाः ॥ १४ ॥
तुष्टासि यदि मे देवि काममेतं वृणोम्यहम् ।
संतानं हि परो धर्म इत्याहुर्मां द्विजातयः ॥ १५ ॥

11 [1]**Sāvitrī:** parte de um hino (*sūkta*) do *Ṛgveda* (3.62.10) dedicado ao deus Sol (Savitṛ ou Sūrya), esta estrofe é ainda usada como mantra para propiciar preces e pedidos: *tat Savitur vareṇiyaṃ / dhīyo devasya dhīmahi / bhargo yo naḥ pracodayāt //* – "De Savitṛ, no seu excelso brilho, / no brilho desse deus nós refletimos, / a fim de que ele as preces nos anime" (Aprigliano 2020: 113). Também recebe o nome de *gāyatrī*, por estar exarada no metro de mesmo nome. Este metro consiste em estrofe de três *pādas* de oito sílabas, com padrão fixo iâmbico nas quatro sílabas finais de cada pāda. O desenho métrico da estrofe Sāvitrī é: 1 | - ⏑ ⏑ - [⏑ - ⏑ -] |, 2 & 3 |- - - - [⏑ - ⏑ -] |.

12 [2]**Sāvitrī:** filha de Savitṛ ou Sūrya (Sol), deusa do panteão védico tardio, de parca mitologia. Também recebe o nome de Sūryā. No

9. Assim, depois de realizar cem mil sacrifícios entoando Sāvitrī,[11] ó melhor dos reis, ele entrou a comer a cada três dias. 10. E dezoito anos se passaram nesse regime.

Ao fim do décimo oitavo ano, enfim satisfez-se Sāvitrī,[12] majestade,[13] e revelou-se ao soberano em sua verdadeira forma. 11. Com grande júbilo ergueu-se da oblação ao fogo a concessora de prêmios e disse ao rei estas palavras:

12. "– Estou satisfeita contigo pela castidade impecável, ó senhor da terra, pelo teu equilíbrio e pelo regime que cumpriste, e, ademais, pela devoção visceral que tens a mim. 13. Escolhe a recompensa que te apeteça, Aśvapati, soberano de Madra, e jamais descuides das tuas obrigações!"

Disse Aśvapati:

14. "– Esta empresa que realizei para ter filhos, eu a fiz almejando o *dharma*: tomara, ó deusa, eu tenha muitos filhos aptos a formar famílias! 15. Se estás satisfeita comigo, é este o desejo que escolho, pois o *dharma* supremo é a linhagem:[14] assim me disseram os brâmanes".

Mahābhārata, é a mulher de Brahmā, o deus criador. Apesar ser chamada "concessora de prêmios" (*varadā*, cf. o verso seguinte), cumpre função intermediária entre o devoto, Aśvapati, e o verdadeiro concessor, Brahmā (cf. os versos 16-18 adiante). Como mencionado na nota anterior, no *R̥gveda*, a estrofe Sāvitrī não se dirigia a Sāvitrī – deusa que, ademais, só se registra do *Atharvaveda* em diante – mas sim ao deus Savitr̥. No entanto, no *Sāvitry-upākhyāna*, promove-se essa, por assim dizer, licença narrativa, e a estrofe passa a ser uma prece à deusa de mesmo nome.

13 **Majestade** (*rājan*): forma vocativa com que o narrador Mārkaṇḍeya interpela seu interlocutor, Yudhiṣṭhira.

14 **O *dharma* supremo é a linhagem:** *dharma* por "dever de classe", i.e., *kṣatriya-dharma*: cf. notas aos versos 1.5 e 2.7.

सावित्र्युवाच ।
पूर्वमेव मया राजन्नभिप्रायमिमं तव ।
ज्ञात्वा पुत्रार्थमुक्तो वै तव हेतोः पितामहः ॥ १६ ॥
प्रसादाच्चैव तस्मात्ते स्वयंभुविहिताद्भुवि ।
कन्या तेजस्विनी सौम्य क्षिप्रमेव भविष्यति ॥ १७ ॥
उत्तरं च न ते किंचिद्व्याहर्तव्यं कथंचन ।
पितामहनिसर्गेण तुष्टा ह्येतद्ब्रवीमि ते ॥ १८ ॥
मार्कण्डेय उवाच ।
स तथेति प्रतिज्ञाय सावित्र्या वचनं नृपः ।
प्रसादयामास पुनः क्षिप्रमेवं भवेदिति ॥ १९ ॥

अन्तर्हितायां सावित्र्यां जगाम स्वगृहं नृपः ।
स्वराज्ये चावसत्प्रीतः प्रजा धर्मेण पालयन् ॥ २० ॥
कस्मिंश्चित्तु गते काले स राजा नियतव्रतः ।
ज्येष्ठायां धर्मचारिण्यां महिष्यां गर्भमादधे ॥ २१ ॥
राजपुत्र्यां तु गर्भः स मालव्यां भरतर्षभ ।
व्यवर्धत यथा शुक्ले तारापतिरिवाम्बरे ॥ २२ ॥

15 **Nosso Avô** (*pitāmaha*): lit. "avô (paterno)", epíteto comum do deus Brahmā, avô dos deuses. No hinduísmo clássico, Brahmā, Viṣṇu e Śiva formam a *trimūrti* ou trindade, na qual representam, respectivamente, as funções de criador, preservador e destruidor dos mundos.

16 **Svayaṃbhu:** lit. "que existe por si mesmo, autoexistente", usa-se como epíteto de várias dividades; aqui refere-se a Brahmā.

17 **Mālavī:** nome da mulher de Aśvapati. O termo significa "natural de Mālava". **Mālava:** país no Panjab (noroeste do subcontinente indiano), cuja capital era Mūlasthāna (hoje Multan, no Paquistão).

Disse Sāvitrī:

16. "– Ó rei, sabendo de tua intenção de ter filhos, intercedi por ti junto ao Nosso Avô.[15] 17. E pela graça que te concede Svayaṃbhu[16] aqui na terra, muito em breve terás, meu caro, esplendorosa menina. 18. Nada é preciso dizeres, pois transmito isso a ti, contente com o que ele te concedeu".

Disse Mārkaṇḍeya:

19. – "Assim seja!", assentiu o rei às palavras de Sāvitrī, e em seguida propiciou a deusa, dizendo: "Pois que me nasça muito em breve!"

20. Depois que Sāvitrī se recolheu, o rei retornou à casa e viveu feliz em seu reino, protegendo os súditos conforme o *dharma*. 21. Passado algum tempo, aquele monarca piedoso engravidou sua consorte mais velha e mui virtuosa. 22. E no ventre de Mālavī,[17] ó touro entre os Bharatas,[18] cresceu o embrião tal como a senhora das estrelas[19] em crescente pelo firmamento. 23. Chegada a hora,

18 **Touro entre os Bharatas** (*bharatarṣabha*): outra forma vocativa com que Mākaṇḍeya se dirige a Yudhiṣṭhira. As formas *bharata* ou *bhārata* são adjetivos que significam "relativo a ou descendente de Bharata", nome de um dos ancestrais de Kuru; este, por sua vez, ancestral dos Pāṇḍavas e Kauravas. A forma com vogal longa – *bhārata* – figura, e.g., no título do grande épico: *Mahābhārata*. Este composto deve ser forma abreviada de expressão mais extensa, como *mahābhārata-yuddha/āhava-kathā/ākhyāna*, "a história da grande guerra entre os descendentes de Bharata" (cf. Monier-Williams 1899: *s.v.*). O sintagma *mahābhāratam ākhyānam* referindo-se à história que ali se vai narrar registra-se, e.g., em *Mbh* 1.53.32.

19 **Senhora das estrelas** (*tārā-pati*): lit. "senhor das estrelas", i.e., a lua. Note-se que os termos para "lua" em sânscrito são do gênero masculino.

प्राप्ते काले तु सुषुवे कन्यां राजीवलोचनाम्।
क्रियाश्च तस्या मुदितश्चक्रे स नृपतिस्तदा ॥ २३ ॥
सावित्र्या प्रीतया दत्ता सावित्र्या हुतया ह्यपि।
सावित्रीत्येव नामास्याश्चक्रुर्विप्रास्तथा पिता ॥ २४ ॥

सा विग्रहवतीव श्रीर्व्यवर्धत नृपात्मजा।
कालेन चापि सा कन्या यौवनस्था बभूव ह ॥ २५ ॥
तां सुमध्यां पृथुश्रोणीं प्रतिमां काञ्चनीमिव।
प्राप्तेयं देवकन्येति दृष्ट्वा संमेनिरे जनाः ॥ २६ ॥
तां तु पद्मपलाशाक्षीं ज्वलन्तीमिव तेजसा।
न कश्चिद्वरयामास तेजसा प्रतिवारितः ॥ २७ ॥
अथोपोष्य शिरःस्नाता दैवतान्यभिगम्य सा।
हुत्वाग्निं विधिवद्विप्रान्वाचयामास पर्वणि ॥ २८ ॥
ततः सुमनसः शेषाः प्रतिगृह्य महात्मनः।
पितुः सकाशमगमद्देवी श्रीरिव रूपिणी ॥ २९ ॥
साभिवाद्य पितुः पादौ शेषाः पूर्वं निवेद्य च।
कृताञ्जलिर्वरारोहा नृपतेः पार्श्वतः स्थिता ॥ ३० ॥

20 **Sāvitrī:** as três ocorrências do nome têm aí, cada uma, um referente: a primeira, a deusa; a segunda, a estrofe; e, enfim, a princesa que acaba de vir à luz.

21 **Śrī:** "esplendor, beleza; fortuna". A expressão *vigrahavatīva śrīḥ*, "como se fosse Śrī encarnada", pode significar que Sāvitrī personifi-

a rainha deu à luz uma menina com olhos de lótus, e o rei então, exultante, executou-lhe os devidos ritos. 24. Porquanto a dera Sāvitrī satisfeita e invocada com Sāvitrī, por isso os brâmanes e o pai por nome deram-lhe Sāvitrī.[20]

25. E crescia a princesa como se fosse Śrī[21] encarnada, e, com o tempo, chegou à mocidade. 26. Vendo-a com bela cintura, quadris largos, tal como estátua de ouro, o povo pensava: "Eis aí uma filha dos deuses!". 27. Porém, intimidados pela beleza – aqueles olhos de pétalas de lótus, como que ardia de lindeza! –, ninguém ousava pedir-lhe sua mão.

28. Então, lá quando a lua mudava de fase, depois de jejuar e lavar a cabeça, ela veio às deidades e fez oblações ao fogo conforme o rito,[22] dizendo aos brâmanes que entoassem seus mantras. 29. Apanhou então flores da oferenda e, tal qual Śrī encarnada, veio ter com o pai, homem benevolente e magnânimo. 30. Tocou os pés do genitor e diante dele deitou aquelas flores: com as mãos juntas, postou-se a moça de belas ancas ao lado do rei. 31. Contemplando

ca a beleza, ou que é tal como uma encarnação da deusa Śrī, divindade identificada com Lakṣmī, deusa da beleza e da fortuna e consorte de Viṣṇu.

22 A ablução e as oferendas decerto significam que Sāvitrī pede por um marido.

यौवनस्थां तु तां दृष्ट्वा स्वां सुतां देवरूपिणीम् ।
अयाच्यमानां च वरैर्नृपतिर्दुःखितोऽभवत् ॥ ३१ ॥
राजोवाच ।
पुत्रि प्रदानकालस्ते न च कश्चिद्वृणोति माम् ।
स्वयमन्विच्छ भर्तारं गुणैः सदृशमात्मनः ॥ ३२ ॥
प्रार्थितः पुरुषो यश्च स निवेद्यस्त्वया मम ।
विमृश्याहं प्रदास्यामि वरय त्वं यथेप्सितम् ॥ ३३ ॥
श्रुतं हि धर्मशास्त्रे मे पठ्यमानं द्विजातिभिः ।
तथा त्वमपि कल्याणि गदतो मे वचः शृणु ॥ ३४ ॥

अप्रदाता पिता वाच्यो वाच्यश्चानुपयन्पतिः ।
मृते भर्तरि पुत्रश्च वाच्यो मातुररक्षिता ॥ ३५ ॥

23 Nesta passagem, os abundantes qualificadores para a beleza física de Sāvitrī são, em essência, os mesmos que qualificam, no *kāvya* erótico, as mulheres na flor da juventude (*nava-yauvana*, lit. "juventude nova/fresca"): "como se fosse Śrī encarnada" (*vigrahavatīva Śrīḥ*), "com bela cintura" (*sumadhyā*), "[com] quadris largos" (*pṛthu-śronī*), "tal como estátua de ouro (*pratimā kāñcanīva*)", "filha dos deuses (*deva-kanyā*), "olhos de pétalas de lótus" (*padma-palāṣākṣī*), "como que ardia de lindeza" (*jvalantīva tejasā*), "de belas ancas" (*varārohā*), e "bela como uma deusa" (*deva-rūpiṇī*). Ao longo do texto, comporão a figura da princesa tanto qualificadores de cunho ético e moral, como os de matiz erótico. Para descrição modelar da mulher em *nava-yauvana*, leia-se *Kumāra-saṃbhava* 1.31-49, de Kālidāsa (V EC), onde o poeta descreve Pārvatī, filha de Himālaya e consorte de Śiva. Sobre outros elementos de erotismo no *Sāvitry-upākhyāna*, cf. nota ao verso 4.31.

a filha na flor da idade, bela como uma deusa,[23] mas carente de pretendentes, o monarca entristeceu-se.

Disse o rei:

32. – "Filha minha, é tempo de dar-te em casamento; ninguém porém me pede a tua mão. Procura tu mesma um marido que pelas qualidades te assemelhe, 33. e o homem que escolheres, deves então apresentá-lo a mim. Dar-te-ei a ele depois de o avaliar. Vai e escolhe conforme o teu desejo! 34. Pois eu decerto ouvi o que ensinam os brâmanes no seu *Dharma-śāstra*:[24] escuta também, nobre dama, aquelas palavras que ora te transmito:

> 35. *É censurável o pai que não dá a mão da filha, censurável o marido que não procura a mulher, e censurável o filho que não cuida da mãe, quando morre o pai.*[25]

24 ***Dharma-śāstra:*** lit. "tratado sobre o *dharma*" ou "código de leis", gênero de obras que versam sobre o campo da conduta apropriada ao indivíduo e à classe. Célebres *dharma-śāstras* supérstites são, e.g., a *Manu-smṛti* (*Código de Manu*) – citada em seguida –, texto datado do fim do período Maurya, e a *Yājñavalkya-smṛti* (*Código de Yājñavalkya*), compilada durante o período Gupta.

25 Em *MS* 9.4, lê-se: *kāle'dātā pitā vācyo vācyaś cānupayan patiḥ / mṛte bhartari putras tu vācyo mātur arakṣitā //*. A forma do verso citada aqui tem *apradātā* (lit. "que dá [a mão da filha]") por *kāle'dātā* (lit. "que não dá [a mão da filha] em tempo", i.e., no tempo certo, quando ela atinge idade núbil).

इदं मे वचनं श्रुत्वा भर्तुरन्वेषणे त्वर ।
देवतानां यथा वाच्यो न भवेयं तथा कुरु ॥ ३६ ॥

मार्कण्डेय उवाच ।
एवमुक्त्वा दुहितरं तथा वृद्धांश्च मन्त्रिणः ।
व्यादिदेशानुयात्रं च गम्यतामित्यचोदयत् ॥ ३७ ॥
साभिवाद्य पितुः पादौ व्रीडितेव मनस्विनी ।
पितुर्वचनमाज्ञाय निर्जगामाविचारितम् ॥ ३८ ॥
सा हैमं रथमास्थाय स्थविरैः सचिवैर्वृता ।
तपोवनानि रम्याणि राजर्षीणां जगाम ह ॥ ३९ ॥
मान्यानां तत्र वृद्धानां कृत्वा पादाभिवन्दनम् ।
वनानि क्रमशस्तात सर्वाण्येवाभ्यगच्छत ॥ ४० ॥
एवं सर्वेषु तीर्थेषु धनोत्सर्गं नृपात्मजा ।
कुर्वती द्विजमुख्यानां तं तं देशं जगाम ह ॥ ४१ ॥

इति श्रीमहाभारते आरण्यकपर्वणि
सप्तसप्तत्यधिकद्विशततमोऽध्यायः ॥ २७७ ॥

26 **Santuários florestais** (*tapovana*): lit. "floresta de ascese", refere-se a retiros para a prática ascética (*tapas*) localizados em áreas não urbanas, como bosques e florestas, margens de rios e áreas isoladas; é, em geral, sinônimo de *āśrama* ("eremitério"), uma vez que estes comumente se localizam em áreas que tais.

27 **Ṛṣis reais** (*rājarṣi*): em princípio, *kṣatriya* – membro da classe guerreira ou governante (cf. nota ao verso 2.7) – que, por meio de intensa prática ascética, muda de classe, tornando-se brâmane. Neste passo, no entanto, o sentido parece ser simplesmente o de "grande sábio".

36. Agora que o ouviste de mim, apressa-te a buscar um marido! Faz que não recaia sobre mim a censura dos deuses!"

Disse Mārkaṇḍeya:

37. – Depois de falar à filha, o rei designou velhos ministros para o seu séquito e urgiu que partissem. 38. A sagaz princesa, tocando com pudor os pés do genitor, assentiu às suas palavras e partiu sem hesitar. 39. Montou numa carruagem dourada acompanhada dos vetustos ministros e seguiu rumo aos aprazíveis santuários florestais[26] dos *ṛṣis* reais.[27] 40. Lá, meu filho, depois de honrar os pés daqueles veneráveis anciãos, ela visitou um a um a cada santuário. 41. Assim, a filha do rei visitou a terra de todos os principais brâmanes, distribuindo riquezas em todos os banhos sagrados.[28]

Aqui termina o ducentésimo septuagésimo sétimo capítulo do "Livro da floresta" do Mahābhārata.

28 **Banhos sagrados** (*tīrtha*): lit. "trilha", refere-se sobretudo a lugares de peregrinação religiosa à margem de rios e ribeirões sagrados, ou onde se acham lagos naturais ou artificiais. Em geral, possuem escadaria que conduz os peregrinos às águas para suas abluções – como se vê atualmente em vários pontos do Ganges e de outros rios sagrados da Índia. Note-se que este conciso relato da viagem de Sāvitrī não se detém no achamento do marido, mas na sua peregrinação a lugares sagrados, onde se ocupa de distribuir benesses a brâmanes e outros peregrinos: aqui começa a desenhar-se o caráter piedoso e irreprochável que a princesa demonstrará ao longo de toda a história.

द्वितीयोऽध्यायः [२७८]

Capítulo 2 [*Mbh* 3.278.1-32]

मार्कण्डेय उवाच ।
अथ मद्राधिपो राजा नारदेन समागतः ।
उपविष्टः सभामध्ये कथायोगेन भारत ॥ १ ॥
ततोऽभिगम्य तीर्थानि सर्वाण्येवाश्रमांस्तथा ।
आजगाम पितुर्वेश्म सावित्री सह मन्त्रिभिः ॥ २ ॥
नारदेन सहासीनं दृष्ट्वा सा पितरं शुभा ।
उभयोरेव शिरसा चक्रे पादाभिवन्दनम् ॥ ३ ॥

नारद उवाच ।
क्व गताभूत्सुतेयं ते कुतश्चैवागता नृप ।
किमर्थं युवतीं भर्त्रे न चैनां संप्रयच्छसि ॥ ४ ॥
अश्वपतिरुवाच ।
कार्येण खल्वनेनैव प्रेषिताद्यैव चागता ।
तदस्याः श‍ृणु देवर्षे भर्तारं योऽनया वृतः ॥ ५ ॥
मार्कण्डेय उवाच ।
सा ब्रूहि विस्तरेणेति पित्रा संचोदिता शुभा ।
दैवतस्येव वचनं प्रतिगृह्येदमब्रवीत् ॥ ६ ॥

29 **Nārada:** *devarṣi* ou "sábio divino", i.e., de natureza divina, pois é filho de Brahmā; aparece no *Mahābhārata* um sem número de vezes, para admoestar e aconselhar as personagens, ou transmitir-lhes revelações e profecias.

Disse Markaṇḍeya:

1. – Pois bem, o senhor de Madra então veio ter com Nārada[29] e sentou-se com ele no saguão do palácio para conversarem, ó descendente de Bharata. 2. Foi então que Sāvitrī, depois de ter visitado todos os banhos sagrados e eremitérios,[30] regressou com os ministros ao palácio. 3. Ao ver o pai sentado junto a Nārada, a bela moça saudou-lhes os pés com a cabeça.

Disse Nārada:

4. "– Onde fora tua filha, e de onde regressa, majestade? Ademais, por que é que, em sendo moça, não a dás em casamento a um marido?"

Disse Aśvapati:

5. "– Pois justo com esse encargo foi enviada e eis que hoje retorna: escuta-a, *ṛṣi* divino, que te falará desse marido que elegeu".

Disse Mārkaṇḍeya:

6. – Exortada pelo pai – "Conta-lhe em pormenor!" –, a bela Sāvitrī aquiesceu como se à ordem duma deidade, e disse:

30 **Eremitérios** (*āśrama*): cf. nota ao verso 1.39 sobre o termo "*tapovana*".

आसीच्छाल्वेषु धर्मात्मा क्षत्रियः पृथिवीपतिः ।
द्युमत्सेन इति ख्यातः पश्चादन्धो बभूव ह ॥ ७ ॥
विनष्टचक्षुषस्तस्य बालपुत्रस्य धीमतः ।
सामीप्येन हृतं राज्यं छिद्रेऽस्मिन्पूर्ववैरिणा ॥ ८ ॥
स बालवत्सया सार्धं भार्यया प्रस्थितो वनम् ।
महारण्यगतश्चापि तपस्तेपे महाव्रतः ॥ ९ ॥
तस्य पुत्रः पुरे जातः संवृद्धश्च तपोवने ।
सत्यवाननुरूपो मे भर्तेति मनसा वृतः ॥ १० ॥

नारद उवाच ।
अहो बत महत्पापं सावित्र्या नृपते कृतम् ।
अजानन्त्या यदनया गुणवान्सत्यवान्वृतः ॥ ११ ॥
सत्यं वदत्यस्य पिता सत्यं माता प्रभाषते ।
ततोऽस्य ब्राह्मणाश्चक्रुर्नामैतत्सत्यवानिति ॥ १२ ॥
बालस्याश्वाः प्रियाश्चास्य करोत्यश्वांश्च मृन्मयान् ।
चित्रेऽपि च लिखत्यश्वांश्चित्राश्व इति चोच्यते ॥ १३ ॥
राजोवाच ।
अपीदानीं स तेजस्वी बुद्धिमान्वा नृपात्मजः ।
क्षमावानपि वा शूरः सत्यवान्पितृनन्दनः ॥ १४ ॥

31 ***Kṣatriya:*** membro da classe guerreira ou governante, uma das quatro classes (*varṇa*) em que se dividia a sociedade na Índia Antiga. Essa classe "tem a prerrogativa da ordem civil e militar. No período arcaico, o *kṣatriya* é o chefe da comunidade pequena, vilas, ou de uma confederação de vilas; mais tarde, é o rei na cidade ou centro urbano maior, que preside uma confederação de cidades e vilas menores" (Aprigliano 2020: 15).

7. "– Havia entre os habitantes de Śālva um *kṣatriya*[31] de alma devotada ao *dharma*, senhor dessa terra, chamado Dyumatsena. Ele à certa altura foi acometido de cegueira e, 8. nesse desvalimento, o reino desse sábio homem – agora privado da vista e com filho ainda menino – foi tomado por um antigo inimigo das redondezas. 9. Junto com a mulher e o filho pequeno, ele partiu para a floresta e, chegando a um grande bosque, tem ali praticado ascetismo devotadamente. 10. O filho dele, nascido na cidade, mas criado no santuário florestal, Satyavān, é quem me cabe a mim, e foi quem meu coração escolheu para marido".

Disse Nārada:

11. "– Oh não, majestade! Grande pecado comete Sāvitrī ao escolher, desavisada, o virtuoso Satyavān! (12. Porquanto o pai diz a verdade e o diz também a mãe, por isso os brâmanes lhe deram o nome de Satyavān.[32] 13. Porque, menino, gostava de cavalos, e fazia cavalos de barro e desenhos de cavalos, chamavam-no, além disso, Citrāśva)".[33]

Disse o rei:

14. "– Ora, o príncipe Satyavān, deleite de seus pais, não é esplendoroso e inteligente, paciente e corajoso?"

32 **Satyavān:** lit. "verdadeiro", "veraz", "verídico"; adjetivo formado pelo substantivo *satya* ("verdade") + o sufixo possessivo *-vat*. Não é comumente empregado como nome próprio.

33 **Citrāśva:** composto *bahuvrīhi* formado de *citra* ("desenho, pintura") e *aśva* ("cavalo"), que assim se analisa: *citre aśvāḥ yasya sa Citrāśvaḥ*, i.e., "Citrāśva é aquele que tem cavalos em desenho/pintura → que desenha/pinta cavalos". Não parece claro em que seria revelante para a composição da personagem a menção deste segundo nome.

नारद उवाच ।
विवस्वानिव तेजस्वी बृहस्पतिसमो मतौ ।
महेन्द्र इव शूरश्च वसुधेव क्षमान्वितः ॥ १५ ॥
अश्वपतिरुवाच ।
अपि राजात्मजो दाता ब्रह्मण्यो वापि सत्यवान् ।
रूपवानप्युदारो वाप्यथ वा प्रियदर्शनः ॥ १६ ॥
नारद उवाच ।
साङ्कृते रन्तिदेवस्य स शक्त्या दानतः समः ।
ब्रह्मण्यः सत्यवादी च शिबिरौशीनरो यथा ॥ १७ ॥

34 **Bṛhaspati:** lit. "Senhor da palavra"; divindade que cumpre, no panteão védico, a função de *purohita* ("capelão") dos deuses; nos épicos, é deidade associada à eloquência e à sabedoria.

35 **Grande Indra** (*Mahendra*): o mesmo que Indra. No período arcaico, é o rei dos deuses e senhor das chuvas; nos épicos, em geral figura apenas como rei dos deuses.

36 **Rantideva Sāṃkṛti:** rei célebre pela generosidade, mencionado em vários passos do *Mahābhārata*; Sāṃkṛti é patronímico, significa "filho de Saṃkṛti'. Sobre sua generosidade, diz-se, e.g., em *Mbh* 12.29.119: "Quando se passava uma noite em casa de Rantideva Sāṃkṛti, abatiam-se vinte mil e cem vacas (leia-se, para o hóspede)"– *Sāṃkṛte Rantidevasya yāṃ rātrim avasad gṛhe / ālabhyanta śataṃ gāvaḥ sahasrāṇi ca viṃśatiḥ //*.

Disse Nārada:

15. "– É esplendoroso como o sol, semelhante a Bṛhaspati[34] pelo entendimento, corajoso feito o grande Indra,[35] dotado de paciência como a terra".

Disse Aśvapati:

"16.– Ora, o príncipe Satyavān não é generoso e pio, nobre e formoso, ou melhor, um deleite para a vista?"

Disse Nārada:

"17. – É semelhante a Rantideva Sāṃkṛti,[36] em generosidade, o mais possível; é piedoso e sincero como Śibi Auśīnara.[37] 18. É

37 **Śibi Auśīnara:** rei célebre pela piedade; Auśīnara é patronímico, significa "filho de Uśīnara" – pai e filho nem sempre se distinguem no texto do *Mahābhārata*. O episódio que justifica a piedade dessa personagem dupla chama-se *Śyenakapotīya* – "Episódio do falcão e da pomba" –, narrado em *Mbh* 3.130.18-20-03.131, que assim se resume: uma pomba, fugindo de um falcão, viera abrigar-se no colo do rei, durante um sacrifício. Em troca da presa, o falcão lhe exigiu que cortasse de seu próprio corpo o tanto de carne que correspondesse ao peso da pomba, o que ele fez em seguida. Tratava-se de um teste, pois o falcão era Indra, e a pomba, Agni: "Eu sou Indra, ó conhecedor do *dharma*, e a pomba é o Portador de oferendas (i.e., o fogo = Agni). Para testar-te no *dharma*, viemos à plataforma do sacrifício. Teres talhado a carne do teu corpo, ó senhor do povo, essa tua fama resplandecente há de conquistar os mundos! Enquanto os homens no mundo falarem de ti, monarca, tua fama e teus mundos perdurarão perenemente!" – *Indro'ham asmi dharmajña kapoto Havyavāḍ ayam / jijñāsamānau dharme tvāṃ yajña-vāṭam upāgatau // yat te māṃsāni gātrebhya utkṛttāni viśāṃ pate / eṣā te bhāsvarī kīrtir lokān abhibhaviṣyati // yāval loke manuṣyās tvāṃ kathayiṣyanti pārthiva / tāvat kīrtiś ca lokāś ca sthāsyanti tava śāśvatāḥ // Mbh* 3.131.28-30.

ययातिरिव चोदारः सोमवत्प्रियदर्शनः ।
रूपेणान्यतमोऽश्विभ्यां द्युमत्सेनसुतो बली ॥ १८ ॥
स दान्तः स मृदुः शूरः स सत्यः स जितेन्द्रियः ।
स मैत्रः सोऽनसूयश्च स ह्रीमान्धृतिमांश्च सः ॥ १९ ॥
नित्यशश्चार्जवं तस्मिन्स्थितिस्तस्यैव च ध्रुवा ।
संक्षेपतस्तपोवृद्धैः शीलवृद्धैश्च कथ्यते ॥ २० ॥

अश्वपतिरुवाच ।
गुणैरुपेतं सर्वैस्तं भगवन्प्रब्रवीषि मे ।
दोषानप्यस्य मे ब्रूहि यदि सन्तीह केचन ॥ २१ ॥
नारद उवाच ।
एको दोषोऽस्य नान्योऽस्ति सोऽद्य प्रभृति सत्यवान् ।
संवत्सरेण क्षीणायुर्देहन्यासं करिष्यति ॥ २२ ॥

38 **Yayāti:** quinto rei da dinastia lunar (*candra-vaṃśa*). Conta-se que, casado com Devayānī, de quem teve dois filhos, Yadu e Turvasu, casou-se em segredo com Sarmiṣṭha, amiga de sua mulher, de quem teve outros três filhos, Druhyu, Anu e Pūru. É por isso amaldiçoado por Śukra, seu sogro, a envelhecer de um só golpe. A maldição previa que ele poderia trocar a velhice pela juventude de outro que lha cedesse. Ávido pelo gozo dos prazeres do corpo, Yayāti propôs a troca aos filhos, quatro dos quais recusaram, mas o caçula, Pūru, aceitou e cedeu-lhe sua juventude, do pai absorvendo a velhice e a função de rei: "Então, ao fim de mil anos, o invencível Yayāti ainda não se saciara dos prazeres e disse a seu filho Pūru: 'Em ti tenho um herdeiro, tu és o filho que me vai continuar a linhagem: a linhagem de Pūru vai te dar fama no mundo!'. Então aquele tigre entre os reis consagrou rei a Pūru e, muito tempo depois, submeteu-se à lei do

nobre como Yayāti,[38] e deleita a vista como a lua. Em beleza, o potente filho de Dyumatsena é um dos Aśvins.[39] 19. É contido, terno e corajoso; é honesto, equilibrado e afetuoso; não é invejoso, mas modesto e resoluto. 20. Habita sempre nele a retitude, e rija é a constância que possui. Em suma, eis o que dele dizem os de austeridade grande e magna virtude".

Disse Aśvapati:

21. "– Tu mo relatas assim dotado de todas as qualidades, abençoado mestre. Fala-me, porém, dos defeitos que tem, se é que os tem!"

Disse Nārada:

22. "– Tem um só defeito, e nenhum outro: dentro de um ano a contar do dia de hoje, Satyavān, de vida finda, deixará seu corpo".

tempo" – *tato varṣa-sahasrante Yayatir aparājitaḥ / atṛpta eva kāmānāṃ Pūruṃ putram uvāca ha // tvayā dāyādavān asmi tvaṁ me vaṁśakaraḥ sutaḥ / pauravo vaṃśa iti te khyātiṃ loke gamiṣyati // tataḥ sa nṛpa-śārdūlaḥ Pūruṃ rājye bhiṣicya ca / kālena mahatā paścāt kāla-dharmam upeyivān //* Mbh 1.70.44-46. A passagem completa começa em *Mbh* 1.70.29.

39 **Aśvin:** no dual, em sânsc., *Aśvinau*; divindades gêmeas de grande importância no panteão védico. São os médicos celestes e, além de curar doenças, prestam todo tipo de socorro aos necessitados e desafortunados; também concedem riquezas e benesses. Guardam, no *Mahābhārata*, as mesmas características que no *Veda*, porém têm papel diminuto na narrativa. São os pais dos Pāṇḍavas Nakula e Sahadeva (cf. nota ao verso 1.1).

राजोवाच ।
एहि सावित्रि गच्छ त्वमन्यं वरय शोभने ।
तस्य दोषो महानेको गुणानाक्रम्य तिष्ठति ॥ २३ ॥
यथा मे भगवानाह नारदो देवसत्कृतः ।
संवत्सरेण सोऽल्पायुर्देहन्यासं करिष्यति ॥ २४ ॥
सावित्र्युवाच ।
सकृदंशो निपतति सकृत्कन्या प्रदीयते ।
सकृदाह ददानीति त्रीण्येतानि सकृत्सकृत् ॥ २५ ॥
दीर्घायुरथ वाल्पायुः सगुणो निर्गुणोऽपि वा ।
सकृद्वृतो मया भर्ता न द्वितीयं वृणोम्यहम् ॥ २६ ॥
मनसा निश्चयं कृत्वा ततो वाचाभिधीयते ।
क्रियते कर्मणा पश्चात्प्रमाणं मे मनस्ततः ॥ २७ ॥
नारद उवाच ।
स्थिरा बुद्धिर्नरश्रेष्ठ सावित्र्या दुहितुस्तव ।
नैषा चालयितुं शक्या धर्मादस्मात्कथंचन ॥ २८ ॥
नान्यस्मिन्पुरुषे सन्ति ये सत्यवति वै गुणाः ।
प्रदानमेव तस्मान्मे रोचते दुहितुस्तव ॥ २९ ॥

40 O mesmo verso lê-se em *MS* 9.47, com a variante *satām* pelo primeiro *sakṛt*, no quarto *pāda*: *sakṛd aṃśo nipatati sakṛt kanyā pradīyate / sakṛd āha dadānīti trīṇy etāni satāṃ sakṛt //*. O sentido do *pāda* com a variante seria: "os três são coisas que, no caso dos bons (*satām*), acontecem/se fazem uma só vez".

41 **Meu critério é o coração** (*pramāṇaṃ me manaḥ*): note-se que a palavra traduzida por "critério" (*pramāṇa*, lit. "medida") é termo técnico da filosofia indiana. Três são os critérios ou meios de conhecimento válidos comumente reconhecidos pela maior parte das

Disse o rei:

23. "- Anda, Sāvitrī, filha esplêndida, escolhe outra pessoa! O só defeito que ele tem é muito grave e prevalece para além das qualidades. 24. Como me disse o abençoado Nārada, a quem os deuses honram, em um ano, Satyavān, de vida breve, deixará seu corpo".

Disse Sāvitrī:

25. "- Recebe-se uma herança uma só vez; dá-se uma moça em casamento uma só vez; uma só vez enfim se diz 'Eu dou' - os três são coisas que acontecem só uma vez.[40] 26. Tenha vida longa ou breve, tenha virtudes ou mesmo a falta delas, o marido eu escolhi tão só uma vez, e não escolherei uma segunda! 27. No coração é que se forma a convicção; ela então é declarada com a palavra; e, enfim, pela ação é praticada, portanto o meu critério é o coração".[41]

Disse Nārada:

28. "- Ó melhor dos homens, firme é a intenção de tua filha Sāvitrī: não há como demovê-la desse *dharma*. 29. De fato, não se acham noutro homem as qualidades que há em Satyavān; sendo assim, apraz-me dar a ele tua filha em casamento".

escolas filosóficas da Índia Antiga, a saber, a percepção direta (*pratyakṣa*), a inferência (*anumāna*) e a palavra fidedigna (*śabda*). *Manas* ("mente" ou "coração") jamais consta desse rol (que pode chegar a nove *pramāṇāni*). No entanto, a predicação aparentemente inusitada entre *pramāṇa* e *manas* parece escolha provocativa e reveladora do redator, uma vez que combina, no caráter da personagem, sensibilidade e erudição, traços comumente associados, no âmbito cultural indiano, ao feminino e ao masculino, respectivamente.

राजोवाच ।
अविचार्यमेतदुक्तं हि तथ्यं भगवता वचः ।
करिष्याम्येतदेवं च गुरुर्हि भगवान्मम ॥ ३० ॥
नारद उवाच ।
अविघ्नमस्तु सावित्र्याः प्रदाने दुहितुस्तव ।
साधयिष्यामहे तावत्सर्वेषां भद्रमस्तु वः ॥ ३१ ॥

मार्कण्डेय उवाच ।
एवमुक्त्वा खमुत्पत्य नारदस्त्रिदिवं गतः ।
राजापि दुहितुः सर्वं वैवाहिकमकारयत् ॥ ३२ ॥

इति श्रीमहाभारते आरण्यकपर्वणि
अष्टसप्तत्यधिकद्विशततमोऽध्यायः ॥ २७८ ॥

42 **Terceiro paraíso** (*tri-diva*): essa divisão ternária do céu em três camadas é resquício da cosmografia do *Ṛgveda*, na qual se sobrepunham três "céus" ou "paraísos" (*div*), inferior, médio e superior (*avama, madhyama, uttama*). Cf. Grassmann 1873: *s.v. div*.

Disse o rei:

30. "– Não há o que questionar, pois é verdade o que diz o mestre e eu assim o farei, pois que meu mestre és tu!"

Disse Nārada:

31. "– Que não haja obstáculo ao casamento de tua filha Sāvitrī! Agora devemos partir. A vós todos minha bênção!"

Disse Mārkaṇḍeya:

32. – E assim dizendo, Nārada subiu ao céu e foi ao terceiro paraíso.[42] O rei, por sua vez, mandou realizar todos os preparativos para as núpcias da filha.

Aqui termina o ducentésimo septuagésimo oitavo capítulo do "Livro da floresta" do Mahābhārata.

तृतीयोऽध्यायः [२७९]

Capítulo 3 [*Mbh* 3.279.1-23]

मार्कण्डेय उवाच ।
अथ कन्याप्रदाने स तमेवार्थं विचिन्तयन् ।
समानिन्ये च तत्सर्वं भाण्डं वैवाहिकं नृपः ॥ १ ॥
ततो वृद्धान्द्विजान्सर्वानृत्विजः सपुरोहितान् ।
समाहूय तिथौ पुण्ये प्रययौ सह कन्यया ॥ २ ॥
मेध्यारण्यं स गत्वा च द्युमत्सेनाश्रमं नृपः ।
पद्भ्यामेव द्विजैः सार्धं राजर्षिं तमुपागमत् ॥ ३ ॥
तत्रापश्यन्महाभागं शालवृक्षमुपाश्रितम् ।
कौश्यां बृस्यां समासीनं चक्षुर्हीनं नृपं तदा ॥ ४ ॥
स राजा तस्य राजर्षेः कृत्वा पूजां यथार्हतः ।
वाचा सुनियतो भूत्वा चकारात्मनिवेदनम् ॥ ५ ॥
तस्यार्घ्यमासनं चैव गां चावेद्य स धर्मवित् ।
किमागमनमित्येवं राजा राजानमब्रवीत् ॥ ६ ॥
तस्य सर्वमभिप्रायमितिकर्तव्यतां च ताम् ।
सत्यवन्तं समुद्दिश्य सर्वमेव न्यवेदयत् ॥ ७ ॥
अश्वपतिरुवाच ।
सावित्री नाम राजर्षे कन्येयं मम शोभना ।
तां स्वधर्मेण धर्मज्ञ स्नुषार्थे त्वं गृहाण मे ॥ ८ ॥

43 ***Ṛtvij:*** lit. "que sacrifica na estação (certa)", termo comum para sacerdote sacrificador. ***Purohita:*** lit. "preposto", refere-se comumente ao sacerdote principal ou ao capelão do rei.

Disse Mārkaṇḍeya:

1. – Ao ponderar o propósito de conceder a mão da filha, o monarca reuniu todo o necessário ao matrimônio. 2. Ele então convocou todos os brâmanes anciãos, *ṛtvijas* e *purohitas*,[43] e partiu com a filha em dia auspicioso. 3. Ao chegar à Floresta Pura,[44] ao eremitério de Dyumatsena, Aśvapati fez-se acompanhar dos brâmanes e dirigiu-se a pé à presença do rei sábio. 4. Lá então, sentado numa esteira de *kuśa*[45] à sombra dum *śāla*,[46] avistaram o eminente rei cego. 5. O rei de Madra prestou-lhe reverência conforme o seu merecimento e, com voz comedida, apresentou-se. 6. Conhecedor do *dharma*, Dyumatsena ofereceu-lhe água, assento e uma vaca, e indagou ao monarca: "A que se deve a visita?" 7. Toda sua intenção e obrigação referentes a Satyavān, tudo contou-lhe o rei.

Disse Aśvapati:

8. "– Esta minha filha tão bela, sábio rei, chama-se Sāvitrī. Conhecedor do *dharma* que és, toma-a por nora conforme o *dharma*!"

44 **Floresta Pura** (*Medhyāraṇya*): lugar não identificado nos dicionários especializados; provavelmente fictício.

45 **Esteira de *kuśa*** (*kauśyā bṛsī*): esteira ou almofada (*bṛsī*) feita enrolando-se lâminas de *kuśa*, grama sagrada usada em diversas cerimônias religiosas.

46 ***Śāla*:** *Shorea* ou *Vatica robusta*, árvore nativa do subcontinente indiano.

द्युमत्सेन उवाच ।
च्युताः स्म राज्याद्वनवासमाश्रिता-
श्चराम धर्मं नियतास्तपस्विनः ।
कथं त्वनर्हा वनवासमाश्रमे
सहिष्यते क्लेशमिमं सुता तव ॥ ९ ॥
अश्वपतिरुवाच ।
सुखं च दुःखं च भवाभवात्मकं
यदा विजानाति सुताहमेव च ।
न मद्विधे युज्यति वाक्यमीदृशं
विनिश्चयेनाभिगतोऽस्मि ते नृप ॥ १० ॥
आशां नार्हसि मे हन्तुं सौहृदात्प्रणयेन च ।
अभितश्चागतं प्रेम्णा प्रत्याख्यातुं न मार्हसि ॥ ११ ॥
अनुरूपो हि संयोगे त्वं ममाहं तवापि च ।
स्नुषां प्रतीच्छ मे कन्यां भार्यां सत्यवतः सुताम् ॥ १२ ॥
द्युमत्सेन उवाच ।
पूर्वमेवाभिलषितः संबन्धो मे त्वया सह ।
भ्रष्टराज्यस्त्वहमिति तत एतद्विचारितम् ॥ १३ ॥
अभिप्रायस्त्वयं यो मे पूर्वमेवाभिकाङ्क्षितः ।
स निर्वर्ततु मेऽद्यैव काङ्क्षितो ह्यसि मेऽतिथिः ॥ १४ ॥

मार्कण्डेय उवाच ।
ततः सर्वान्समानीय द्विजानाश्रमवासिनः ।
यथाविधि समुद्वाहं कारयामासतुर्नृपौ ॥ १५ ॥
दत्त्वा त्वश्वपतिः कन्यां यथार्हं च परिच्छदम् ।
ययौ स्वमेव भवनं युक्तः परमया मुदा ॥ १६ ॥

Disse Dyumatsena:

9. "– Expulsos do nosso reino, refugiados na floresta, praticamos o *dharma* como disciplinados ascetas. Como tua filha há de suportar a vida num eremitério na floresta, sofrimento que não lhe cabe?"

Disse Aśvapati:

10. "– Uma vez que minha filha, assim como eu, entendemos que alegria e tristeza são coisas passageiras, discurso semelhante a mim não me cabe: vim a ti resoluto, ó rei! 11. Não me queiras matar essa esperança, não me rejeites a mim, que vim a ti por amizade, afeição e amor! 12. Pois és talhado a te aliares comigo, bem como eu, a aliar-me contigo. Aceita como nora a minha menina; como mulher a Satyavān, a minha filha!"

Disse Dyumatsena:

13. "– Era desejo meu antigo associar-me contigo, mas eu ponderava em meu reino perdido, e por isso hesitava. 14. Pois bem, tal desígnio, a que anelei no passado, que hoje mesmo se cumpra, já que és tu aquele hóspede anelado!"

Disse Mārkaṇḍeya:

15. – Então, reunindo todos os brâmanes que habitavam o eremitério, os dois reis fizeram realizar o casamento conforme o rito. 16. Aśvapati, concedida a filha e adequado dote, retornou à casa em extremo júbilo. 17. Regozijaram-se, ademais, Satyavān,

सत्यवानपि भार्यां तां लब्ध्वा सर्वगुणान्विताम् ।
मुमुदे सा च तं लब्ध्वा भर्तारं मनसेप्सितम् ॥ १७ ॥

गते पितरि सर्वाणि संन्यस्याभरणानि सा ।
जगृहे वल्कलान्येव वस्त्रं काषायमेव च ॥ १८ ॥
परिचारैर्गुणैश्चैव प्रश्रयेण दमेन च ।
सर्वकामक्रियाभिश्च सर्वेषां तुष्टिमावहत् ॥ १९ ॥
श्वश्रूं शरीरसत्कारैः सर्वैराच्छादनादिभिः ।
श्वशुरं देवकार्यैश्च वाचः संयमनेन च ॥ २० ॥
तथैव प्रियवादेन नैपुणेन शमेन च ।
रहश्चैवोपचारेण भर्तारं पर्यतोषयत् ॥ २१ ॥
एवं तत्राश्रमे तेषां तदा निवसतां सताम् ।
कालस्तपस्यतां कश्चिदतिचक्राम भारत ॥ २२ ॥
सावित्र्यास्तु शयानायास्तिष्ठन्त्याश्च दिवानिशम् ।
नारदेन यदुक्तं तद्वाक्यं मनसि वर्तते ॥२३ ॥

इति श्रीमहाभारते आरण्यकपर्वणि
एकोनाशीत्यधिकद्विशततमोऽध्यायः ॥ २७९ ॥

47 **Trajes de cortiça** (*valkala*): é a roupa associada aos eremitas e anacoretas. **Manto ocre** (*kāṣāya vastra*): costuma ser associado aos monges, sobretudo budistas. Menos importante que os referentes precisos associados a cada traje é a operação simbólica indicada pela troca de roupas: Sāvitrī abandona a vida de princesa – os adornos (*ābharaṇa*)– e conforma-se à presente condição do marido, que, antes príncipe, ora vive na floresta, como os eremitas e ascetas.

por se casar com mulher detentora de todas as virtudes, assim como Sāvitrī, por obter o marido que seu coração desejava.

18. Depois que partiu seu pai, a princesa depôs todos os seus adornos e vestiu tão somente trajes de cortiça e o manto ocre dos ascetas.[47] 19. Com seus serviços e virtudes, deferência e temperança, e por realizar a cada qual o seu desejo, Sāvitrī a todos trazia satisfação: 20. à sogra, por todos os cuidados do corpo, questões de vestuário e cousas que tais; ao sogro, pelos sacrifícios aos deuses e o falar comedido; 21. e pela palavra amável, tranquilidade plena e, ainda, com os serviços da intimidade, ela enfim satisfazia ao marido. 22. Enquanto aquela boa gente ali vivia, naquele eremitério, a praticar o ascetismo, passou-se certo tempo, ó Bhārata. 23. Contudo, dormindo ou acordada, dia e noite, rondavam a mente de Sāvitrī as palavras que Nārada dissera.

Aqui termina o ducentésimo septuagésimo nono capítulo do "Livro da floresta" do Mahābhārata.

चतुर्थोऽध्यायः [२८०]

CAPÍTULO 4 [*MBH* 3.280.1-33]

मार्कण्डेय उवाच ।
ततः काले बहुतिथे व्यतिक्रान्ते कदाचन ।
प्राप्तः स कालो मर्तव्यं यत्र सत्यवता नृप ॥ १ ॥
गणयन्त्याश्च सावित्र्या दिवसे दिवसे गते
तद्वाक्यं नारदेनोक्तं वर्तते हृदि नित्यशः ॥ २ ॥
चतुर्थेऽहनि मर्तव्यमिति संचिन्त्य भामिनी ।
व्रतं त्रिरात्रमुद्दिश्य दिवारात्रं स्थिताभवत् ॥ ३ ॥
तं श्रुत्वा नियमं दुःखं वध्वा दुःखान्वितो नृपः ।
उत्थाय वाक्यं सावित्रीमब्रवीत्परिसान्त्वयन् ॥ ४ ॥
अतितीव्रोऽयमारम्भस्त्वयारब्धो नृपात्मजे ।
तिसृणां वसतीनां हि स्थानं परमदुष्करम् ॥ ५ ॥
सावित्र्युवाच ।
न कार्यस्तात संतापः पारयिष्याम्यहं व्रतम् ।
व्यवसायकृतं हीदं व्यवसायश्च कारणम् ॥ ६ ॥

48 **Voto de três noites** (*trirātra vrata*): votos são obrigações ou observâncias religiosas temporárias autoimpostas, de caráter ascético e, em geral, determinadas pelo praticante – tal como parece ser o voto praticado por Sāvitrī –, com vistas a obtenção de mérito religioso (*tapas*). Esse mérito é, por sua vez, cumulativo e, em última instância, confere ao praticante o poder de obter das divindades concessões e favores. Os *vratāni* consistem em práticas restritivas ou de abstenção. Comuns são os regimes em que se ingere um só tipo de

Disse Mārkaṇḍeya:

1. – Passados longos meses, ó rei, o tempo enfim chegara em que Satyavān devia morrer. 2. No coração de Sāvitrī, que contava os dias, ainda perduravam as palavras proferidas por Nārada. 3. A bela moça então pensou, "Morrerá em quatro dias...", e se pôs a cumprir voto de três noites,[48] permanecendo de pé o dia e a noite. 4. Angustiado pela moça ao saber daquele doloroso regime, o rei[49] ergueu-se e disse a Sāvitrī para consolá-la:

5. "– Demasiado austera essa empresa que inicias, princesa; permanecer de pé três noites é coisa dificílima!"

Disse Sāvitrī:

6. "– Não te aflijas, papai! Cumprirei o voto, pois é fruto de convicção; convicção é o motivo".

alimento por período determinado – água, leite, etc. –, bem como a abstenção temporária da fala, do sexo, etc. Cabe enfim notar que a prática realizada por Aśvapati no Capítulo 1 (versos 8-10) – que dura 18 anos e por meio da qual Brahmā lhe concede o nascimento da filha – é lá chamada *niyama*, termo sinônimo de *vrata*, que traduzimos por "disciplina" e "regime".

49 Note-se que o rei, em princípio, não conhece a causa do voto da nora.

द्युमत्सेन उवाच ।
व्रतं भिन्धीति वक्तुं त्वां नास्मि शक्तः कथंचन ।
पारयस्वेति वचनं युक्तमस्मद्विधो वदेत् ॥ ७ ॥

मार्कण्डेय उवाच ।
एवमुक्त्वा द्युमत्सेनो विरराम महामनाः ।
तिष्ठन्ती चापि सावित्री काष्ठभूतेव लक्ष्यते ॥ ८ ॥
श्वोभूते भर्तृमरणे सावित्र्या भरतर्षभ ।
दुःखान्वितायास्तिष्ठन्त्याः सा रात्रिर्व्यत्यवर्तत ॥ ९ ॥
अद्य तद्दिवसं चेति हुत्वा दीप्तं हुताशनम् ।
युगमात्रोदिते सूर्ये कृत्वा पौर्वाह्णिकीः क्रियाः ॥ १० ॥
ततः सर्वान्द्विजान्वृद्धाञ्श्वश्रूं श्वशुरमेव च ।
अभिवाद्यानुपूर्व्येण प्राञ्जलिर्नियता स्थिता ॥ ११ ॥
अवैधव्याशिषस्ते तु सावित्र्यर्थं हिताः शुभाः ।
ऊचुस्तपस्विनः सर्वे तपोवननिवासिनः ॥ १२ ॥
एवमस्त्विवति सावित्री ध्यानयोगपरायणा ।
मनसा ता गिरः सर्वाः प्रत्यगृह्णात्तपस्विनाम् ॥ १३ ॥
तं कालं च मुहूर्तं च प्रतीक्षन्ती नृपात्मजा ।
यथोक्तं नारदवचश्चिन्तयन्ती सुदुःखिता ॥ १४ ॥
ततस्तु श्वश्रूश्वशुरावूचतुस्तां नृपात्मजाम् ।
एकान्तस्थामिदं वाक्यं प्रीत्या भरतसत्तम ॥ १५ ॥

50 ***Añjali***: saudação com as palmas das mãos unidas na posição vertical e elevadas à meia altura do rosto ligeiramente inclinado: indica respeito, veneração ou súplica.

Disse Dyumatsena:

7. "– Não me cabe aconselhar-te a quebrares teu voto. Alguém como eu deve antes dizer-te o que é apropriado: que o cumpras!"

Disse Mārkaṇḍeya:

8. – Dito isso, o nobre Dyumatsena então calou-se. Já Sāvitrī, imóvel, parecia transformada em tora de lenho. 9. A princesa passou aquela noite em pé, ó touro entre os Bharatas, angustiada com a morte do marido no dia seguinte. 10. Então, quando o sol se tinha elevado a um palmo do horizonte, pensando "Hoje é o dia...", ela fez oferendas ao fogo ardente e realizou os ritos matinais. 11. Em seguida, a todos os velhos brâmanes, à sogra e ao sogro, prestou reverência por ordem de idade, e ali permaneceu com as mãos em *añjali*.[50] 12. Pelo bem de Sāvitrī, todos aqueles ascetas residentes da floresta pronunciaram auspiciosas e benéficas bençãos de não-viuvez.[51] 13. "Assim seja", consentiu a princesa, que, absorta em meditação, recebeu no coração as palavras todas daqueles ascetas. 14. Porém, enquanto aguardava o momento e o instante, muito aflita seguia Sāvitrī, a ruminar as palavras antes proferidas por Nārada.

15. Então, quando a princesa se achava sozinha, assim falaram-lhe a sogra e o sogro, ó melhor entre os Bharatas:

51 **Bençãos de não-viuvez** (*avaidhavyāśiṣaḥ*): essas "bençãos de não viuvez" dão a entender que os brâmanes conhecem a finalidade do voto da princesa. Inconsistência tal parece previsível em obra fruto de longo período de compilação e variada redação (cf. "Introdução", itens 1 & 2).

श्वशुरावूचतुः ।
व्रतो यथोपदिष्टोऽयं यथावत्पारितस्त्वया ।
आहारकालः संप्राप्तः क्रियतां यदनन्तरम् ॥ १६ ॥
सावित्र्युवाच ।
अस्तं गते मयादित्ये भोक्तव्यं कृतकामया ।
एष मे हृदि संकल्पः समयश्च कृतो मया ॥ १७ ॥

मार्कण्डेय उवाच ।
एवं संभाषमाणायाः सावित्र्या भोजनं प्रति ।
स्कन्धे परशुमादाय सत्यवान्प्रस्थितो वनम् ॥ १८ ॥
सावित्री त्वाह भर्तारं नैकस्त्वं गन्तुमर्हसि ।
सह त्वयागमिष्यामि न हि त्वां हातुमुत्सहे ॥ १९ ॥
सत्यवानुवाच ।
वनं न गतपूर्वं ते दुःखः पन्थाश्च भामिनि ।
व्रतोपवासक्षामा च कथं पद्भ्यां गमिष्यसि ॥ २० ॥
सावित्र्युवाच ।
उपवासान्न मे ग्लानिर्नास्ति चापि परिश्रमः ।
गमने च कृतोत्साहां प्रतिषेद्धुं न मार्हसि ॥ २१ ॥
सत्यवानुवाच ।
यदि ते गमनोत्साहः करिष्यामि तव प्रियम् ।
मम त्वामन्त्रय गुरून्न मां दोषः स्पृशेदयम् ॥ २२ ॥

52 **Depois de obter o que desejo** (*kṛta-kāmā*): não se explicita qual seja esse desejo, ou seja, qual a finalidade do voto de Sāvitrī, que a princesa enunciará apenas em 6.41. No entanto, como explicamos na nota ao verso 4.3, a função do voto é obter o mérito religioso que confere ao praticante poder de barganha junto aos deuses, ao que Sāvitrī fará menção em 5.21.

Disseram os sogros:

16. "– Cumpriste o voto conforme o prescrito. Em seguida, chegada a hora de comer, tens que comer!"

Disse Sāvitrī:

17. "– Hei de comer quando se puser o sol, depois de obter o que desejo:[52] essa é a intenção no meu coração e a decisão por mim tomada".

Disse Mārkaṇḍeya:

18. – Enquanto ela conversava com os sogros sobre o jejum, Satyavān pôs no ombro um machado e já partia para a floresta,
19. ao que Sāvitrī interpelou o marido:

"– Não deves ir sozinho! Irei contigo pois não suporto ficar sem ti".

Disse Satyavān:

20. "– Nunca foste à floresta, minha bela, o caminho é difícil. Ademais, cansada pelo jejum que fizeste, como hás de caminhar?"

Disse Sāvitrī:

21. "– Não me sinto exausta nem fatigada pelo jejum. Não me proíbas de ir, pois que o anseio muito!"

Disse Satyavān:

22. "– Se tanto o anseias, farei como queres. No entanto, despede-te dos meus pais: que tal deslize não recaia sobre mim!"

मार्कण्डेय उवाच ।
साभिगम्याब्रवीच्छ्वश्रूं श्वशुरं च महाव्रता ।
अयं गच्छति मे भर्ता फलाहारो महावनम् ॥ २३ ॥
इच्छेयमभ्यनुज्ञातुमार्यया श्वशुरेण च ।
अनेन सह निर्गन्तुं न हि मे विरहः क्षमः ॥ २४ ॥
गुर्वग्निहोत्रार्थकृते प्रस्थितश्च सुतस्तव ।
न निवार्यो निवार्यः स्यादन्यथा प्रस्थितो वनम् ॥ २५ ॥
संवत्सरः किंचिदूनो न निष्क्रान्ताहमाश्रमात् ।
वनं कुसुमितं द्रष्टुं परं कौतूहलं हि मे ॥ २६ ॥
द्युमत्सेन उवाच ।
यतःप्रभृति सावित्री पित्रा दत्ता स्नुषा मम ।
नानयाभ्यर्थनायुक्तमुक्तपूर्वं स्मराम्यहम् ॥ २७ ॥
तदेषा लभतां कामं यथाभिलषितं वधूः ।
अप्रमादश्च कर्तव्यः पुत्रि सत्यवतः पथि ॥ २८ ॥

मार्कण्डेय उवाच ।
उभाभ्यामभ्यनुज्ञाता सा जगाम यशस्विनी ।
सह भर्त्रा हसन्तीव हृदयेन विदूयता ॥ २९ ॥
सा वनानि विचित्राणि रमणीयानि सर्वशः ।
मयूररवघुष्टानि ददर्श विपुलेक्षणा ॥ ३० ॥

53 **Grande floresta** (*mahāvana*): não parece ser nome próprio – já que a família de Dyumatsena, como se lê em 3.3, reside num eremitério na Floresta Pura (*Medhyāraṇya*) –, mas referir-se tão somente à vastidão da floresta que cerca o eremitério.

Disse Mārkaṇḍeya:

23. – A devotada princesa então veio ter com a sogra e o sogro e lhes disse:

"– Meu marido vai à grande floresta[53] colher frutos. 24. Queria a permissão da senhora e de meu sogro para partir com ele, pois separar-me dele é-me insuportável. 25. É pelo *agnihotra*[54] dos pais que vosso filho parte. Assim não devo impedi-lo como o faria caso partisse para a floresta por outra razão. 26. Já se passa quase um ano e jamais saí do eremitério. Tenho grande curiosidade de ver a floresta em flor".

Disse Dyumatsena:

27. "– Desde que seu pai me deu Sāvitrī para nora, não me recordo que tenha dito algo que parecesse um pedido. 28. Pois que a donzela obtenha o que quer o seu desejo! Sê vigilante com Satyavān no caminho, minha filha!"

Disse Mārkaṇḍeya:

29. – Com a permissão de ambos, partiu com o marido a gloriosa mulher, por fora sorrindo, mas angustiada em seu coração. 30. A moça de olhos grandes viu florestas variegadas e agradáveis, ruidosas com cantos de pavão, 31. rios de corrente pura, as me-

54 ***Agnihotra:*** lit. "oblação ao fogo", rito em que se derrama no fogo leite de vaca, realizado diariamente ao amanhecer e ao anoitecer.

नदीः पुण्यवहाश्चैव पुष्पितांश्च नगोत्तमान्।
सत्यवानाह पश्येति सावित्रीं मधुराक्षरम्॥ ३१ ॥
निरीक्षमाणा भर्तारं सर्वावस्थमनिन्दिता।
मृतमेव हि तं मेने काले मुनिवचः स्मरन्॥ ३२ ॥
अनुवर्तती तु भर्तारं जगाम मृदुगामिनी।
द्विधेव हृदयं कृत्वा तं च कालमवेक्षती॥ ३३ ॥

इति श्रीमहाभारते आरण्यकपर्वणि
अशीत्यधिकद्विशततमोऽध्यायः॥ २८० ॥

55 Nos versos 30 e 31 lê-se descrição concisa da paisagem primaveril. Segundo a convenção poética indiana, a primavera (*vasanta*) é, dentre as estações, aquela ideal para o amor. No poema anônimo *Ṛtu-saṃhāra* (*Coleção sobre as estações*), anterior a Kālidāsa (V EC), acha-se extenso catálogo dos temas e figuras relativos às estações do ano. Ali se lê, e.g., acerca da primavera: "As árvores têm flores, as águas (dos rios), lótus; as mulheres têm desejos, o vento, perfumes; prazerosas são as noites, e os dias, aprazíveis: tudo é mais amável durante a cara primavera" – *drumāḥ sapuṣpāḥ salilaṃ sapadmaṃ, striyaḥ sakāmāḥ pavanaḥ sugandhiḥ / sukhāḥ pradoṣā divasāśca ramyāḥ, sarvaṃ priye cārutaraṃ vasante* // *ṚS* 6.2. Nesta versão da história de Sāvitrī, o erotismo, como se vê, emerge só discretamente, ora nos atributos da princesa, ora, como neste passo, na referência à estação e no sutil convite à contemplação da paisagem que Satyavān faz à mulher: "Olha, Olha!" (*paśya paśya!*). Já na versão que se narra no

lhores dentre as árvores em flor, e Satyavān com palavra doce lhe dizia: "Olha, olha!"[55] 32. A irrepreensível Sāvitrī, porém, enquanto observava o marido em cada situação, considerava-o já morto, lembrando-se das palavras do *muni*.

33. Seguindo o marido ela foi com passo suave, a repartir o coração como que em dois, enquanto aguardava o esperado momento.

Aqui termina o ducentésimo octogésimo capítulo do "Livro da floresta" do Mahābhārata.

Matsya-purāṇa – mais breve e decerto posterior à versão aqui traduzida –, o príncipe se detém, ao longo de todo o segundo capítulo, na descrição de cada pormenor da paisagem, fazendo notar à mulher como a eflorescência da estação faz em tudo aflorar o desejo amoroso: "Disse Satyavān: 'Nesta floresta verdejante, olha a mangueira, sedutora, aos olhos e ao olfato deleitosa, que, ora em primavera, acirra o desejo! Aqui na floresta, mirando este *aśoka* vermelho e bem florido, é como se me sorrisse, a mim, a primavera, moça de olhos grandes!" – *Satyavān uvāca: vane'smiñ śādvalākīrṇe sahakāram manoharam / netra-ghrāṇa-sukhaṃ paśya vasante rati-vardhanam // vane'py aśokaṃ dṛṣṭvainaṃ rāgavantaṃ supuṣpitam / vasanto hasatīvāyaṃ mām evāyata-locane // MatPur* 209.1-2; o episódio completo se lê em *MatPur* 209-214. Em suma, o capítulo do *Purāṇa* se pode ler como interregno erótico sob a forma de extenso convite ao amor, que será interrompido, como se sabe, pela chegada de Yama.

पञ्चमोऽध्यायः [२८१]

CAPÍTULO 5 [*MBH* 3.281.1-108]

मार्कण्डेय उवाच ।
अथ भार्यासहायः स फलान्यादाय वीर्यवान् ।
कठिनं पूरयामास ततः काष्ठान्यपाटयत् ॥ १ ॥
तस्य पाटयतः काष्ठं स्वेदो वै समजायत ।
व्यायामेन च तेनास्य जज्ञे शिरसि वेदना ॥ २ ॥
सोऽभिगम्य प्रियां भार्यामुवाच श्रमपीडितः ।
व्यायामेन ममानेन जाता शिरसि वेदना ॥ ३ ॥
अङ्गानि चैव सावित्रि हृदयं दूयतीव च ।
अस्वस्थमिव चात्मानं लक्षये मितभाषिणि ॥ ४ ॥
शूलैरिव शिरो विद्धमिदं संलक्षयाम्यहम् ।
तत्स्वप्तुमिच्छे कल्याणि न स्थातुं शक्तिरस्ति मे ॥ ५ ॥
समासाद्याथ सावित्री भर्तारमुपगूह्य च ।
उत्सङ्गेऽस्य शिरः कृत्वा निषसाद महीतले ॥ ६ ॥
ततः सा नारदवचो विमृशन्ती तपस्विनी ।
तं मुहूर्तं क्षणं वेलां दिवसं च युयोज ह ॥ ७ ॥
मुहूर्तादिव चापश्यत्पुरुषं पीतवाससम् ।
बद्धमौलिं वपुष्मन्तमादित्यसमतेजसम् ॥ ८ ॥
श्यामावदातं रक्ताक्षं पाशहस्तं भयावहम् ।
स्थितं सत्यवतः पार्श्वे निरीक्षन्तं तमेव च ॥ ९ ॥
तं दृष्ट्वा सहसोत्थाय भर्तुर्न्यस्य शनैः शिरः ।
कृताञ्जलिरुवाचार्ता हृदयेन प्रवेपता ॥ १० ॥

Disse Mārkaṇḍeya:

1. – Na companhia da mulher, o corajoso Satyavān encheu uma cesta com os frutos que colhera e foi então cortar lenha. 2. Ao que lenhava, surgiu o suor, e desse esforço lhe adveio uma dor de cabeça. 3. Ele foi então para junto da cara esposa e lhe disse esgotado:

"– Deste esforço me adveio uma dor de cabeça. 4. Os membros e o coração me parecem arder, Sāvitrī... Não me sinto bem, modesta donzela. 5. Sinto como se estacas me perfurassem a cabeça! Quero dormir, nobre moça, pois não consigo ficar de pé".

6. – Sāvitrī veio ao marido e o abraçou, e então sentou-se no chão, ajeitando-lhe no colo a cabeça. 7. A pobre mulher então, ponderando o que Nārada dissera, naquele momento e instante fez a conexão entre o dia e o fim.[56] 8. Como que de súbito, ela viu um homem em trajes amarelos, com diadema na cabeça, de belo corpo e brilho semelhante ao sol; 9. era de cor negra e fúlgido, tinha os olhos vermelhos, na mão um laço, era assustador; e lá estava, de pé ao lado de Satyavān, contemplando tão somente a ele. 10. Quando o viu, ela logo ergueu-se, gentilmente deitando no chão a cabeça do marido, e, com as mãos em *añjali*, disse-lhe, angustiada e com tremor no peito:

56 Aqui dá-se a entender que só neste momento Sāvitrī se recorda de que é chegado o dia da morte de Satyavān, o que contrasta com o que se acabou de narrar a partir de 4.8.

दैवतं त्वाभिजानामि वपुरेतद्ध्यमानुषम् ।
कामया ब्रूहि मे देव कस्त्वं किं च चिकीर्षसि ॥ ११ ॥
यम उवाच ।
पतिव्रतासि सावित्रि तथैव च तपोन्विता ।
अतस्त्वामभिभाषामि विद्धि मां त्वं शुभे यमम् ॥ १२ ॥
अयं ते सत्यवान्भर्ता क्षीणायुः पार्थिवात्मजः ।
नेष्याम्येनमहं बद्धा विद्ध्येतन्मे चिकीर्षितम् ॥ १३ ॥
मार्कण्डेय उवाच ।
इत्युक्त्वा पितृराजस्तां भगवान्स्वं चिकीर्षितम् ।
यथावत्सर्वमाख्यातुं तत्प्रियार्थं प्रचक्रमे ॥ १४ ॥
अयं हि धर्मसयुक्तो रूपवान्गुणसागरः ।
नार्हो मत्पुरुषैर्नेतुमतोऽस्मि स्वयमागतः ॥ १५ ॥
ततः सत्यवतः कायात्पाशबद्धं वशं गतम् ।
अङ्गुष्ठमात्रं पुरुषं निश्चकर्ष यमो बलात् ॥ १६ ॥

57 **Yama:** divindade de relativa importância no panteão védico, filho de Vivasvān e Śaraṇyu, é o rei dos mortos, i.e., dos ancestrais (*pitṛ-rāja*). Nos épicos é, em geral, o deus da morte. Dado que governa a vida dos homens, costuma ser identificado com o *dharma* (lei/ordem), recebendo o epíteto de *dharma-rāja*, "rei do dharma" (cf. 5.40); também é chamado Kāla ("Tempo"). Exceto por este último, todos os demais nomes e epítetos são empregados nesta história. Sobre os nomes do deus, cf. notas aos versos 5.33 e 5.40.

58 Note-se que em sua primeira fala, Yama reconhece o poder de barganha que Sāvitrī obteve por meio da devoção ao marido e da ascese. Cf. notas aos versos 4.3 e 4.17.

59 **Homem do tamanho do polegar** (*aṅguṣṭha-mātra puruṣa*): a expressão se refere ao *ātman* em seu sentido amplo de "alma", "alento" ou "princípio vital", conceitos também expressos pelo termo *prāṇa*,

11. "– Reconheço que és deidade, pois esse teu corpo não é humano. Diz-me quem és, ó deus, por favor, e o que tencionas!"

Disse Yama:[57]

12. "– És devotada ao marido, Sāvitrī, e plena em ascese,[58] por isso te digo: sabe que sou Yama, ó bela! 13. Teu marido, o príncipe Satyavān, eis que a vida se lhe acaba. Eu vim laçá-lo e levá-lo: sabe que este é meu desígnio!"

Disse Mārkaṇḍeya:

14. – Tendo-lhe declarado sua vontade, o abençoado rei dos ancestrais começou a contar tudo o que havia em prol de Satyavān:

15. "– Pois ele é devotado ao *dharma*, esbelto, um mar de qualidades; não é digno de que o conduzam meus homens, por isso vim eu próprio".

16. – Então, do corpo de Satyavān, atado por um laço e dominado, tirou Yama à força o homem do tamanho do polegar.[59]

que se emprega logo em seguida (traduzido por "alento"); é empregada pela primeira vez na *Kaṭhopaniṣad*, onde se refere ao *ātman* em seu sentido filosófico mais preciso de essência imortal que reside incógnita nos indivíduos (cf. "Introdução", item 5). Em *KaṭhUp* 4.12, diz-se, e.g.: "Medindo um polegar uma pessoa / reside bem no meio aqui do corpo; / senhor do que passou e do devir / [de quem o vê] não mais se esconde [o si] (i.e., *ātman*)." – *aṅguṣṭha-mātraḥ puruṣo madhya ātmani tiṣṭhati / īśāno bhūta bhavyasya na tato vijugupsate //*. Em *KaṭhUp* 6.17, elucida-se que o "meio do corpo" é o coração (*hṛdaya*): "De um polegar, essa pessoa, o si de dentro, / nos corações da gente sempre residente, / ... Saiba que ela é o brilhante, o imortal!" – *aṅguṣṭha-mātraḥ puruṣo'ntarātmā sadā janānāṃ hṛdaye saṃniviṣṭaḥ / ... taṃ vidyāc chukram amṛtam iti //*.

ततः समुद्धृतप्राणं गतश्वासं हतप्रभम् ।
निर्विचेष्टं शरीरं तद्बभूवाप्रियदर्शनम् ॥ १७ ॥
यमस्तु तं तथा बद्धा प्रयातो दक्षिणामुखः ।
सावित्री चापि दुःखार्ता यममेवान्वगच्छत ।
नियमव्रतसंसिद्धा महाभागा पतिव्रता ॥ १८ ॥

यम उवाच ।
निवर्त गच्छ सावित्रि कुरुष्वास्यौर्ध्वदेहिकम् ।
कृतं भर्तुस्त्वयानृण्यं यावद्गम्यं गतं त्वया ॥ १९ ॥
सावित्र्युवाच ।
यत्र मे नीयते भर्ता स्वयं वा यत्र गच्छति ।
मयापि तत्र गन्तव्यमेष धर्मः सनातनः ॥ २० ॥
तपसा गुरुवृत्त्या च भर्तुः स्नेहाद्व्रतेन च ।
तव चैव प्रसादेन न मे प्रतिहता गतिः ॥ २१ ॥
प्राहुः सप्तपदं मित्रं बुधास्तत्त्वार्थदर्शिनः ।
मित्रतां च पुरस्कृत्य किंचिद्वक्ष्यामि तच्छृणु ॥ २२ ॥

60 **Não se acha impedido meu caminho** (*na me pratihatā gatiḥ*): Sāvitrī reitera a prerrogativa que obteve por meio da conduta de *pati-vratā* e da prática ascética. Cf. notas aos versos 4.3 e 4.17.

61 **Sete passos** (*sapta-pada*): lit. "com sete passos", expressão que se refere à noiva durante a *sapta-padī*, [cerimônia] "dos sete passos", parte do ritual do casamento. Nela, o noivo conduz a noiva por sete passos na direção do altar do fogo, pronunciando fórmulas ritualísticas (*mantra*) a cada passo. A fórmula que acompanha o sétimo e último passo é "Sê um amigo, com os sete passos! (i.e., tendo percorrido os sete passos)!" – *sakhā sapta-padī bhava!* – e indica que o casamento, ao fim e ao cabo, estabelece entre marido e mulher relação de amizade – ou ao menos simbolicamente comparável com a amizade (*sakhya, mitratā*). Ao ajuntar essa referência sutil – e erudita – ao ritual do casamento, a personagem de certa forma assevera ter

17. Extraído o alento, partida a respiração, arrebatado o lustre, sem movimento, tornou-se aquele corpo desagradável à vista. 18. Yama, depois de o assim laçar, partiu em direção ao sul. Angustiada pela dor, Sāvitrī o seguiu – ela que cumprira seu voto conforme a regra, a valorosa mulher tão devotada ao marido.

Disse Yama:

19. "– Dá meia volta e vai-te, Sāvitrī! Oferta-lhe as últimas exéquias! Quitaste a dívida com teu marido: foste até onde se pode ir".

Disse Sāvitrī:

20. "– Aonde levam meu marido ou onde vai de moto próprio, é para lá que devo ir: este é o *dharma* sempiterno. 21. Por minha ascese e o decoro meu aos sogros, por meu amor e devoção a meu marido – e mesmo ainda pela graça que concedes –, não se acha impedido o meu caminho.[60] 22. Dizem os sábios, vedores da verdade sobre as coisas, que amigo é quem percorreu os sete passos.[61]

abraçado a condição de *pati-vratā* tão logo "percorreu o sétimo passo", i.e., tão logo se concluiu o ritual do casamento. Mencionam esta cerimônia vários *gṛhya-sūtras*, tratados que descrevem os rituais domésticos (*gṛhya* [*karman*]) da tradição bramânica. Diz-se, e.g., em *ĀśvG* 1.17.19: "Então [o noivo] a conduz por sete passos em direção auspiciosa, [dizendo]: Com um passo, [sê] para seiva! Com dois passos, para vigor! Com três passos para crescimento da riqueza! Com quatro passos, para amenidade! Com cinco passos, para prole! Com seis passos, para as estações! Sê um amigo, com os sete passos! Sê a mim devotada, que tenhamos filhos, que sejam muitos e alcancem a velhice!" – *athainām aparājitāyāṃ diśi sapta-padāny abhyutkrāmayati: iṣa eka-pady, ūrje dvi-padī, rāyaspoṣāya tri-padī, māyobhavyāya catuṣ-padī, prajābhyaḥ pañca-pady, ṛtubhyaḥ ṣaṭ-padī, sakhā sapta-padī bhava; sā mām anuvratā bhava. putrān vindāvahai, bahūṃs te santu jarad-aṣṭaya iti.*

नानात्मवन्तस्तु वने चरन्ति
धर्मं च वासं च परिश्रमं च।
विज्ञानतो धर्ममुदाहरन्ति
तस्मात्सन्तो धर्ममाहुः प्रधानम्॥ २३॥
एकस्य धर्मेण सतां मतेन
सर्वे स्म तं मार्गमनुप्रपन्नाः।
मा वै द्वितीयं मा तृतीयं च वाञ्छे
तस्मात्सन्तो धर्ममाहुः प्रधानम्॥ २४॥

यम उवाच।
निवर्त तुष्टोऽस्मि तवानया गिरा
स्वराक्षरव्यञ्जनहेतुयुक्तया।
वरं वृणीष्वेह विनास्य जीवितं
ददानि ते सर्वमनिन्दिते वरम्॥ २५॥
सावित्र्युवाच।
च्युतः स्वराज्याद्वनवासमाश्रितो
विनष्टचक्षुः श्वशुरो ममाश्रमे।
स लब्धचक्षुर्बलवान्भवेन्नृप-
स्तव प्रसादाज्ज्वलनार्कसंनिभः॥ २६॥

62 **Primeiro discurso de Sāvitrī:** como se vê, embora anuncie o tema da amizade (*mitratā*), a princesa falará do *dharma* e dos bons (*santaḥ*), que serão os temas nucleares dos seus cinco breves discursos (Cf. "Introdução", item 5).

63 **Nem segundo nem terceiro eu não almejo** (*mā vai dvitīyaṃ mā tṛtīyaṃ vāñche*): note-se aqui o duplo emprego da negação proibitiva *mā* com forma verbal no indicativo (*vāñche*), construção rara e em desacordo com as normas da boa gramática sânscrita. Convém ob-

Sobre a amizade eu ora falarei um pouco: escuta![62] 23. Diferentes são os tipos de pessoas que praticam o *dharma*, a residência na floresta e a ascese, e que, com base no conhecimento, proclamam o *dharma*. Por isso, dizem os bons que o *dharma* é o que mais importa. 24. Pelo *dharma* de um só, os bons entendem que a via reta alcançam todos. Nem segundo nem terceiro eu não almejo,[63] porquanto declaram os bons que o que mais importa é o *dharma*".

Disse Yama:

25. "– Regressa, Sāvitrī! Estou satisfeito com tuas palavras, apropriadas por cada vogal, consoante e sílaba. Escolhe um pedido: dar-te-ei todo prêmio, exceto a vida dele, mulher irreprochável!"

Disse Sāvitrī:

26. "– Expulso de seu reino depois que perdeu a vista, vive meu sogro como anacoreta no eremitério. Que, por tua graça, recuperada a visão, se torne o rei poderoso, semelhante ao sol em esplendor!"

servar que se trata de estrutura sintática particular, disjuntiva (*mā... mā*, "nem... nem"), com verbo desiderativo (*vāñch*, "desejar"), o que talvez tenha influenciado a seleção de partícula negativa de maior ênfase. Seja como for, o sânscrito épico apresenta, pontualmente, desvios em relação à norma considerada exemplar, baseada na descrição do gramático Pāṇini (IV AEC) e praticada com mais rigor no *kāvya*. Note-se ainda que o verso – em metro *indra-vajrā* – é um dos que apresenta irregularidade métrica notável (sexta e nona sílabas pesadas), como apontamos na "Introdução", item 6.

यम उवाच ।
ददानि ते सर्वमनिन्दिते वरं
यथा त्वयोक्तं भविता च तत्तथा ।
तवाध्वना ग्लानिमिवोपलक्षये
निवर्त गच्छस्व न ते श्रमो भवेत् ॥ २७ ॥

सावित्र्युवाच ।
कुतः श्रमो भर्तृसमीपतो हि मे
यतो हि भर्ता मम सा गतिर्ध्रुवा ।
यतः पतिं नेष्यसि तत्र मे गतिः
सुरेश भूयश्च वचो निबोध मे ॥ २८ ॥
सतां सकृत्संगतमीप्सितं परं
ततः परं मित्रमिति प्रचक्षते ।
न चाफलं सत्पुरुषेण संगतं
ततः सतां संनिवसेत्समागमे ॥ २९ ॥
यम उवाच ।
मनोनुकूलं बुधबुद्धिवर्धनं
त्वयाहमुक्तो वचनं हिताश्रयम् ।
विना पुनः सत्यवतोऽस्य जीवितं
वरं द्वितीयं वरयस्व भामिनि ॥ ३० ॥

64 **Segundo discurso de Sāvitrī:** sobre a companhia dos bons, cf. nota ao verso 5.29.

Disse Yama:

27. "– Dar-te-ei todo prêmio, mulher irrepreensível: será conforme tu disseste! Mas eu percebo-te cansada do trajeto. Dá meia volta e vai-te, para não te cansares!"

Disse Sāvitrī:

28. "– Cansar-me como, se estou perto do meu marido? Pois onde está meu marido, este é o destino certo; aonde levares meu marido, este é o meu destino. Senhor dos deuses, escuta de novo o que te digo![64] 29. A companhia dos bons[65] é o bem mais desejado; depois disso, dizem ser a amizade o bem maior. E não é infrutífera a companhia de homens bons. Portanto, deve-se viver na companhia dos bons".

Disse Yama:

30. "– Interpelaste-me com arenga salutar, que me agrada a mente e deleita a inteligência dos sábios. Afora a vida de Satyavān, escolhe um segundo pedido, resplandecente mulher!"

65 **Companhia dos bons** (*satām saṃgatam*): o tema da companhia dos bons é deveras popular na literatura sânscrita, objeto constante de versos gnômicos na obra dos poetas e nas antologias. Diz, e.g., Bhartṛhari (V EC) no seu *Nīti-śataka* (*Centúria moral*): "Remove do intelecto a estultícia, asperge verdade nas palavras, confere à honra elevação, rechaça o mal, a mente acalma, por toda parte espalha a fama – Diz, que é que a companhia dos bons (*sat-saṃgati*) não faz aos homens?" – *jāḍyaṃ dhiyo harati siñcati vāci satyaṃ, mānonnatiṃ diśati pāpam apākaroti / cetaḥ prasādayati dikṣu tanoti kīrtiṃ, sat-saṃgatiḥ kathaya kiṃ na karoti puṃsām? //* NŚ 42.

सावित्र्युवाच ।
हृतं पुरा मे श्वशुरस्य धीमतः
स्वमेव राज्यं स लभेत पार्थिवः ।
जह्यात्स्वधर्मं न च मे गुरुर्यथा
द्वितीयमेतं वरयामि ते वरम् ॥ ३१ ॥
यम उवाच ।
स्वमेव राज्यं प्रतिपत्स्यतेऽचिरा-
न्न च स्वधर्मात्परिहास्यते नृपः ।
कृतेन कामेन मया नृपात्मजे
निवर्त गच्छस्व न ते श्रमो भवेत् ॥ ३२ ॥

सावित्र्युवाच ।
प्रजास्त्वयेमा नियमेन संयता
नियम्य चैता नयसे न कामया ।
अतो यमत्वं तव देव विश्रुतं
निबोध चेमां गिरमीरितां मया ॥ ३३ ॥
अद्रोहः सर्वभूतेषु कर्मणा मनसा गिरा ।
अनुग्रहश्च दानं च सतां धर्मः सनातनः ॥ ३४ ॥

66 Neste passo vemos Sāvitrī lançar mão de um *nirvacana* – fórmula etimológica – para explicar o sentido do nome “Yama”. O nome do deus é associado a três derivados da raiz verbal *yam* (“restringir, limitar, controlar, subjugar”), o particípio passado passivo *saṃyata*, o gerúndio *niyamya* e o substantivo masculino *niyama*, que traduzimos respectivamente por “subjugas”, “subjugando” e – em sentido figurado – “jugo”, a fim de reproduzir em português a relação etimológica que há em sânscrito. Yama, conforme essa interpretação, seria “aquele que subjuga”. Os termos *niyama* e “jugo” remetem ademais ao laço (*pāśa*, cf. 5.9) que caracteriza Yama, com o qual ele laça a

Disse Sāvitrī:

31. "- Outrora o reino de meu arguto sogro lhe foi roubado: que o rei recupere seu reino! Este segundo pedido te peço, por que meu sogro não abandone seu *dharma*".

Disse Yama:

32. "- Reaverá o rei seu reino sem demora, e não se desviará do seu *dharma*. Uma vez que realizei o teu desejo, ó princesa, ora dá meia volta e vai-te, para não te cansares!"

Disse Sāvitrī:

33. "- As criaturas deste mundo, tu com teu jugo as subjugas; subjugando-as, conduze-las, e não por escolha delas. Por isso, deidade, és conhecido por Yama.[66] Escuta esta arenga que te profiro![67]
34. Benevolência para com os seres todos, seja por ato, palavra ou pensamento, misericórdia e generosidade, este é o *dharma* sempi-

alma dos mortos – como laçou a de Satyavān (cf. 5.13 & 16). Note-se que o substantivo *niyama* já foi empregado neste mesmo texto como sinônimo de *vrata* (cf. nota ao verso 4.3). A arte do *nirvacana* – *nirvacana-śāstra* – praticada na literatura sânscrita desde os poemas do *Ṛgveda* – foi codificada no fim do período védico por Yāska, no *Nirukta* (circa séc. V AEC). Nesta obra já se registra *nirvacana* que explica o nome de Yama por meio da raiz verbal *yam*: "Yama, porque é aquele que controla/subjuga (*yacchati*)" – *Yamo yacchatīti sataḥ* (*Nir* 10.19). Cabe notar que o conhecimento do *nirvacana-śāstra* é mais um elemento que caracteriza a erudição (*pāṇḍitya*) de Sāvitrī. Cf. "Introdução", item 6.

67 **Terceiro discurso de Sāvitrī:** menciona os atributos especiais dos bons, a saber, a benevolência (*adroha*), a misericórdia (*anugraha*) e a generosidade (*dāna*).

एवंप्रायश्च लोकोऽयं मनुष्याः शक्तिपेशलाः ।
सन्तस्त्वेवाप्यमित्रेषु दयां प्राप्तेषु कुर्वते ॥ ३५ ॥
यम उवाच ।
पिपासितस्येव यथा भवेत्पय-
स्तथा त्वया वाक्यमिदं समीरितम् ।
विना पुनः सत्यवतोऽस्य जीवितं
वरं वृणीष्वेह शुभे यदिच्छसि ॥ ३६ ॥
सावित्र्युवाच ।
ममानपत्यः पृथिवीपतिः पिता
भवेत्पितुः पुत्रशतं ममौरसम् ।
कुलस्य संतानकरं च यद्भवे-
त्तृतीयमेतं वरयामि ते वरम् ॥ ३७ ॥
यम उवाच ।
कुलस्य संतानकरं सुवर्चसं
शतं सुतानां पितुरस्तु ते शुभे ।
कृतेन कामेन नराधिपात्मजे
निवर्त दूरं हि पथस्त्वमागता ॥ ३८ ॥

सावित्र्युवाच ।
न दूरमेतन्मम भर्तृसंनिधौ
मनो हि मे दूरतरं प्रधावति ।
तथा व्रजन्नेव गिरं समुद्यतां
मयोच्यमानां शृणु भूय एव च ॥ ३९ ॥

terno dos bons. 35. Este mundo é em grande parte assim: os homens são gentis o quanto podem. Mas apenas os bons praticam a piedade mesmo diante do inimigo".

Disse Yama:

36. "– Disseste tua arenga como a dar água para quem tem sede. De novo, afora a vida de Satyavān, escolhe o prêmio que quiseres, beldade!"

Disse Sāvitrī:

37. "– Meu pai é soberano sem descendência: que obtenha ele uma centena de filhos legítimos, e que ela lhe sirva para a sucessão da linhagem. Eis o terceiro pedido que te peço".

Disse Yama:

38. "– Ó beldade, que obtenha teu pai uma centena esplendorosa de filhos para a sucessão da linhagem! Obtido o que querias, princesa, regressa, que avançaste demais no caminho!"

Disse Sāvitrī:

39. "– Não me é longe demais quando na companhia do meu marido, pois meu coração corre ainda mais distante. Assim, enquanto caminhas, escuta mais esta arenga que aqui tenho preparada e te profiro![68] 40. És o flamejante filho de Vivasvān,[69] por-

68 **Quarto discurso de Sāvitrī:** primeiro louva Yama pela sua linhagem; menciona, em seguida, ainda outro atributo que caracteriza os bons: a confiança (*viśvāsa*) que inspiram a todos.

69 **Vivasvān:** lit. "brilhante"; nos épicos, epíteto de Sūrya, o deus do Sol.

विवस्वतस्त्वं तनयः प्रतापवां-
 स्ततो हि वैवस्वत उच्यसे बुधैः ।
शमेन धर्मेण च रञ्जिताः प्रजा-
 स्ततस्तवेहेश्वर धर्मराजता ॥ ४० ॥
आत्मन्यपि न विश्वासस्तावान्भवति सत्सु यः ।
तस्मात्सत्सु विशेषेण सर्वः प्रणयमिच्छति ॥ ४१ ॥
सौहृदात्सर्वभूतानां विश्वासो नाम जायते ।
तस्मात्सत्सु विशेषेण विश्वासं कुरुते जनः ॥ ४२ ॥
यम उवाच ।
उदाहृतं ते वचनं यदङ्गने
 शुभे न तादृक्त्वदृते मया श्रुतम् ।
अनेन तुष्टोऽस्मि विनास्य जीवितं
 वरं चतुर्थं वरयस्व गच्छ च ॥ ४३ ॥
सावित्र्युवाच ।
ममात्मजं सत्यवतस्तथौरसं
 भवेदुभाभ्यामिह यत्कुलोद्वहम् ।
शतं सुतानां बलवीर्यशालिना-
 मिदं चतुर्थं वरयामि ते वरम् ॥ ४४ ॥
यम उवाच ।
शतं सुतानां बलवीर्यशालिनां
 भविष्यति प्रीतिकरं तवाबले ।
परिश्रमस्ते न भवेन्नृपात्मजे
 निवर्त दूरं हि पथस्त्वमागता ॥ ४५ ॥

70 **Vaivasvata:** lit. "relativo a Vivasvān"; derivado secundário (*taddhita*) da base nominal *vivasvat*. Esse tipo de derivado nominal é comumente utilizado na formação de patronímicos, como é o caso aqui.

tanto, chamam-te os sábios Vaivasvata.[70] As pessoas deleitam-se com a paciência e com o *dharma*; daí que tens, Senhor, aqui na Terra, o nome de rei do *dharma*.[71] 41. Nem em si mesmo tem-se tanta confiança quanta se tem nos bons. Por isso, todos desejam amizade sobretudo com os bons. 42. É da bondade que nasce em todos os seres o que se chama confiança. Por isso, as pessoas têm confiança sobretudo nos bons".

Disse Yama:

43. "– Isso que me disseste, bela mulher, eu jamais ouvi senão de ti! Com isso me contento. Afora a vida dele, escolhe um quarto pedido e vai-te!"

Disse Sāvitrī:

44. "– Naturais meus bem como legítimos de Satyavān, que nos nasça centena de filhos a lhe preservar a linhagem, donos de força e coragem! Eis o que te peço em quarto pedido".

Disse Yama:

45. "– Há de nascer-te centena de filhos donos de força e coragem, motivo do teu regozijo, mulher delicada! Não te canses, princesa, regressa, que avançaste demais no caminho!"

71 **Rei do *dharma*** (*dharma-rāja*): Sāvitrī mais uma vez lança mão de *nirvacana* para explicar o sentido do epíteto de Yama, *dhama-rāja* ("rei do *dharma*" ou "rei conforme o *dharma*"). A explicação associa o substantivo *rājan* ("rei") à raiz verbal *rañj* ("contentar-se, deleitar--se"): por meio da expressão *dharmeṇa rañjitāḥ* ("[as pessoas] deleitam-se com o *dharma*"), a princesa sugere que o verdadeiro sentido de *rājan* é "aquele que causa o deleite, deleita". *Dharma-rāja*, conforme essa interpretação, seria "aquele que deleita com o *dharma*" (cf. nota ao nome "Yama" antes do verso 5.12).

सावित्र्युवाच ।
सतां सदा शाश्वती धर्मवृत्तिः
सन्तो न सीदन्ति न च व्यथन्ति ।
सतां सद्भिर्नाफलः संगमोऽस्ति
सद्भ्यो भयं नानुवर्तन्ति सन्तः ॥ ४६ ॥
सन्तो हि सत्येन नयन्ति सूर्यं
सन्तो भूमिं तपसा धारयन्ति ।
सन्तो गतिर्भूतभव्यस्य राज-
न्सतां मध्ये नावसीदन्ति सन्तः ॥ ४७ ॥
आर्यजुष्टमिदं वृत्तमिति विज्ञाय शाश्वतम् ।
सन्तः परार्थं कुर्वाणा नावेक्षन्ते प्रतिक्रियाम् ॥ ४८ ॥
न च प्रसादः सत्पुरुषेषु मोघो
न चाप्यर्थो नश्यति नापि मानः ।
यस्मादेतन्नियतं सत्सु नित्यं
तस्मात्सन्तो रक्षितारो भवन्ति ॥ ४९ ॥
यम उवाच ।
यथा यथा भाषसि धर्मसंहितं
मनोनुकूलं सुपदं महार्थवत् ।
तथा तथा मे त्वयि भक्तिरुत्तमा
वरं वृणीष्वाप्रतिमं यतव्रते ॥ ५० ॥
सावित्र्युवाच ।
न तेऽपवर्गः सुकृताद्विनाकृत-
स्तथा यथान्येषु वरेषु मानद ।
वरं वृणे जीवतु सत्यवानयं
यथा मृता ह्येवमहं विना पतिम् ॥ ५१ ॥

Disse Sāvitrī:[72]

46. "– Os bons têm sempre conduta consoante o *dharma*.
Os bons não soçobram nem vacilam.
O encontro de bons com bons não é improfícuo.
Os bons não temem os bons.

47. Os bons, pela verdade, conduzem o sol;
os bons, pela austeridade, sustentam a terra.
Ó rei, os bons são a via do passado e do futuro.
Em meio a bons, os bons não naufragam.

48. Sabendo ser esta a perene conduta que lhes cabe aos nobres,[73] os bons, agindo em prol dos outros, não esperam recompensa.

49. Ademais, não é inútil o favor feito aos homens bons; não perece a riqueza nem a glória. Porquanto isso é constante nos bons, por isto tornam-se os bons guardiães".

Disse Yama:

50. "– Quanto mais me dizes coisas repletas de *dharma*, que me agradam à mente com palavras boas e grandes sentidos, mais alta é minha afeição por ti! Faz-me pedido sem par, mulher devota!"

Disse Sāvitrī:

51. "– Não há libertação sem o teu favor. Assim, como nos outros pedidos, ó doador de honra, peço-te que Satyavān viva!
Pois estou morta sem o meu marido!

72 **Quinto discurso de Sāvitrī:** da influência benéfica dos bons sobre os demais e de sua função de esteio da ordem social e cósmica.

73 **Nobres** (*ārya*): o termo aqui se emprega como sinônimo de *san* ("bom").

न कामये भर्तृविनाकृता सुखं
न कामये भर्तृविनाकृता दिवम्।
न कामये भर्तृविनाकृता श्रियं
न भर्तृहीना व्यवसामि जीवितुम्॥ ५२ ॥

74 **Decido não viver** (*na vyavasāmi jīvitum*): este verso expressa a disposição mais radical associada à *patri-vratā*, a saber, morrer pelo marido ou – o que em certa medida decorre disso – acompanhá-lo na morte. A fonte tradicional dessa ideia é a figura de Satī, primeira mulher de Śiva, que abandona seu corpo por não suportar a afronta que fizera Dakṣa, seu pai, a seu marido. Breve relato deste mito se pode ler no *Kathā-sarit-sāgara* (*O oceano dos rios de histórias*), de Somadeva-bhaṭṭa (XII EC). Lá o próprio Śiva revela à Pārvatī, sua segunda mulher, que ela é reencarnação de Satī: "E ao dizer-lhe Śaṅkara [= Śiva], '– Ademais, já foste antes minha mulher', Pārvatī duvidou, '– Mas como já fui tua mulher?' E respondeu-lhe Bharga [= Śiva]: '— Antanho, do Prajāpati Dakṣa nasceste tu, rainha, e inda outras muitas moças. A mim ele concedeu-te, e a Dharma e os demais deuses, concedeu as outras. Certa feita foram por ele convidados a um sacrifício todos os genros, exceto somente eu; e tu então lhe interrogaste, '– Por que não convidaste o meu marido? Anda, diz, papai!' Ele então enunciou palavras que te perfuraram os ouvidos como agulha envenenada: '– Ora, teu marido carrega uma guirlanda de crânios! Como é que vou convidá-lo para um sacrifício?' 'É perverso meu pai!', então pensaste, 'De que me serve este corpo que dele nasceu?', e, em cólera, abandonaste teu corpo, querida, e aquele sacrifício de Dakṣa, eu o destruí com a minha ira. E então vieste tu a nascer do Monte Nevado [= Himālaya], tal como nascem das águas as fases da lua.'" – *kiṃ ca me pūrva-jāyā tvam ity uktavati Śaṃkare / kathaṃ te purva-jāyāham iti vakti sma Pārvatī // pratyuvāca tato Bhargaḥ purā Dakṣa-prajāpateḥ / devi tvaṃ ca tathānyāśca bahvyo'jāyanta kanyakāḥ // sa mahyaṃ bhavatīṃ prādād Dharmādibhyo'parāśca tāḥ/ yajñe kadācid āhūtās tena jāmātaro'khilāḥ // varjitas tv aham evaikas tato'pṛcchyata sa tvaya / kiṃ na bhartā mamāhūtas tvayā tātocyatām iti // kapāla-mālī*

52. Sem o meu marido, não desejo alegria.
Sem o meu marido, não desejo o céu.
Sem o meu marido, não desejo riqueza.
Órfã de meu marido, decido não viver![74]

bhartā te katham āhūyatāṃ makhe / ity uvāca giraṃ so'tha tvat-karṇa-viṣasūcikām // pāpo'yam asmāj jātena kiṃ dehena mamāmunā / iti kopāt parityaktam śarīraṃ tat-priye tvayā // sa ca Dakṣa-makhas tena manyunā nāśito mayā/ tato jātā Himādres tvam abdheś candra-kalā yathā // *KSS* 1.1.33-39. Ora, *satī* é a forma feminina de *san* "bom", termo que tão insistentemente emprega Sāvitrī ao longo desta história – ambos são formas do particípio presente ativo *sat*, derivado de *as* ("ser, existir"). Satī, portanto significa "boa", ou, como substantivo, "a boa [mulher]". Embora o termo não ocorra em nossa história, a dedução de que a *pati-vratā* é uma *satī*, contraparte feminina desses "bons" de que tanto fala Sāvitrī, não só é inevitável, mas necessária, dado o exemplo mítico a que remete. No *Kumāra-saṃbhava* (V EC), onde se narra o mito da união de Śiva e Pārvatī, o poeta Kālidāsa menciona mui brevemente a prévia reencarnação da filha de Himālaya, nomeando Satī "a boa Satī" - *satī Satī* –, construção deveras sugestiva, que demarca essa personagem como espécie de protótipo da boa mulher, da *pati-vratā*, em suma, que Pārvatī deverá se tornar, disposta até mesmo a abandonar a vida pelo marido: "Então, movida pelo menosprezo do pai (leia-se, ao marido), a filha de Dakṣa, primeira mulher de Bhava [= Śiva], a boa Satī, que deixara seu corpo por *yoga* (i.e., usando dos poderes resultantes da prática do *yoga*), penetrou na consorte do Monte (i.e., em Menakā, mulher de Himālaya) para nascer" - *athavamanena pituḥ prayuktā Dakṣasya kanyā Bhava-pūrva-patnī / satī Satī yoga-visṛṣṭa-dehā taṃ janmane śaila-vadhūṃ prapede* // *KS* 1.21. Não cabe nesta já longuíssima nota revisar a relação do mito de Satī - bem como da disposição radical de Sāvitrī - com o ritual indiano de autoimolação da viúva, que recebe este mesmo nome de *satī* (cf. Weinberger-Thomas 1989).

वरातिसर्गः शतपुत्रता मम
त्वयैव दत्तो ह्रियते च मे पतिः ।
वरं वृणे जीवतु सत्यवानयं
तवैव सत्यं वचनं भविष्यति ॥ ५३ ॥

मार्कण्डेय उवाच ।
तथेत्युक्त्वा तु तान्पाशान्मुक्त्वा वैवस्वतो यमः ।
धर्मराजः प्रहृष्टात्मा सावित्रीमिदमब्रवीत् ॥ ५४ ॥
एष भद्रे मया मुक्तो भर्ता ते कुलनन्दिनि ।
अरोगस्तव नेयश्च सिद्धार्थश्च भविष्यति ॥ ५५ ॥
चतुर्वर्षशतं चायुस्त्वया सार्धमवाप्स्यति ।
इष्ट्वा यज्ञैश्च धर्मेण ख्यातिं लोके गमिष्यति ॥ ५६ ॥
त्वयि पुत्रशतं चैव सत्यवाञ्जनयिष्यति ।
ते चापि सर्वे राजानः क्षत्रियाः पुत्रपौत्रिणः ।
ख्यातास्त्वन्नामधेयाश्च भविष्यन्तीह शाश्वताः ॥ ५७ ॥
पितुश्च ते पुत्रशतं भविता तव मातरि ।
मालव्यां मालवा नाम शाश्वताः पुत्रपौत्रिणः ।
भ्रातरस्ते भविष्यन्ति क्षत्रियास्त्रिदशोपमाः ॥ ५८ ॥

एवं तस्यै वरं दत्त्वा धर्मराजः प्रतापवान् ।
निवर्तयित्वा सावित्रीं स्वमेव भवनं ययौ ॥ ५९ ॥
सावित्र्यपि यमे याते भर्तारं प्रतिलभ्य च ।
जगाम तत्र यत्रास्या भर्तुः शावं कलेवरम् ॥ ६० ॥

75 **Mālavas:** lit. “[os príncipes] filhos de Mālavī”.

53. Essa dádiva de gestar mais, de gerar cem filhos, foi-me dada por ti, mas o marido me tolhes! Peço-te que Satyavān viva! Tua palavra há de ser verdadeira!"

Disse Mārkaṇḍeya:

54. – Assim ela disse. Então, desatando-lhe os laços, o filho de Vivasvān, Yama, rei do *dharma*, já satisfeito, disse a Sāvitrī:

55. "– Minha cara, ventura de tua família, eis que aqui liberto teu marido. Hás de voltar com ele ileso, que verá cumpridos seus desígnios. 56. Vida de quatrocentos anos ele viverá contigo. Se sacrificar conforme o *dharma*, obterá glória no mundo. 57. De ti Satyavān terá cem filhos, e todos eles tornar-se-ão reis *kṣatriyas* aqui neste mundo, com seus filhos e netos, célebres, a portar perenes o teu nome. 58. E teu pai terá cem filhos de tua mãe, Mālavī, chamados Mālavas,[75] perenes, com seus filhos e netos; estes irmãos tornar-se-ão *kṣatriyas* semelhantes aos Trinta".[76]

59. – Concedido o que ela pedira, o majestoso rei do *dharma* mandou que Sāvitrī regressasse e rumou para o seu palácio. 60. Ao que Yama partia, ela então apanhou o marido e seguiu para onde se achava o cadáver do corpo. 61. Lá contemplou-o no chão,

76 **Trinta** (*tridaśa*): o termo se refere, de maneira arredondada, a 33 divindades do panteão pós-védico, que são classificadas em quatro grupos: os doze Ādityas, os oito Vasus, os onze Rudras e os gêmeos Aśvins. No uso épico, importa pouco a composição exata de cada grupo, bem como a determinação precisa da mitologia de cada deus, valendo a expressão, em geral, como sinônimo de "deuses" ou "deidades".

सा भूमौ प्रेक्ष्य भर्तारमुपसृत्योपगूह्य च ।
उत्सङ्गे शिर आरोप्य भूमावुपविवेश ह ॥ ६१ ॥
संज्ञां च सत्यवाँल्लब्ध्वा सावित्रीमभ्यभाषत ।
प्रोष्यागत इव प्रेम्णा पुनः पुनरुदीक्ष्य वै ॥ ६२ ॥
सत्यवानुवाच ।
सुचिरं बत सुप्तोऽस्मि किमर्थं नावबोधितः ।
क्व चासौ पुरुषः श्यामो योऽसौ मां संचकर्ष ह ॥ ६३ ॥
सावित्र्युवाच ।
सुचिरं बत सुप्तोऽसि ममाङ्के पुरुषर्षभ ।
गतः स भगवान्देवः प्रजासंयमनो यमः ॥ ६४ ॥
विश्रान्तोऽसि महाभाग विनिद्रश्च नृपात्मज ।
यदि शक्यं समुत्तिष्ठ विगाढां पश्य शर्वरीम् ॥ ६५ ॥

मार्कण्डेय उवाच ।
उपलभ्य ततः संज्ञां सुखसुप्त इवोत्थितः ।
दिशः सर्वा वनान्तांश्च निरीक्ष्योवाच सत्यवान् ॥ ६६ ॥
फलाहारोऽस्मि निष्क्रान्तस्त्वया सह सुमध्यमे ।
ततः पाटयतः काष्ठं शिरसो मे रुजाभवत् ॥ ६७ ॥
शिरोभितापसंतप्तः स्थातुं चिरमशक्नुवन् ।
तवोत्सङ्गे प्रसुप्तोऽहमिति सर्वं स्मरे शुभे ॥ ६८ ॥

77 No trecho que segue, empregam-se quatro sinônimos para *rātri* ("noite"): aqui e em 5.96, *śarvarī*; em 5.71 & 72, *rajanī*; em 5.73, *nakta* – no composto em *naktacara* ("andarilho da noite", cf. nota ao verso 5.73) – e, em 5.79, *kṣapā*. *Śarvarī* e *rajanī* foram traduzidos, a fim de recuperar-lhes o colorido etimológico, por "noite estrelada" e "noite trevosa"/"noite em trevas". Digno de nota é que todos esses

e então aproximou-se, abraçou-o e sentou-se no chão com a cabeça dele no colo. 62. Satyavān foi recobrando a consciência e então, contemplando-a afetuoso, falou à mulher como se retornasse duma longa viagem.

Disse Satyavān:

63. " Oh céus, dormi por tanto tempo! Por que não me despertaste? Onde está aquela figura negra que me arrastou?"

Disse Sāvitrī:

64. "– Oh sim, por muito tempo dormiste no meu colo, touro entre os homens! Partiu aquele que subjuga as criaturas, Yama, abençoada deidade. 65. Tu te achas já repousado e desperto, valoroso príncipe. Ergue-te se puderes, e contempla esta noite que cai estrelada!"[77]

Disse Mārkaṇḍeya:

66. – Retomada a consciência, ergueu-se Satyavān como se tivesse dormido placidamente. Então percorreu com os olhos todos os quadrantes e confins da floresta e disse:

67. "– Eu saíra contigo a colher frutos, moça esguia, e enquanto lenhava, uma dor de cabeça me adveio. 68. Aflito com essa dor, sem poder parar de pé por muito tempo, adormeci no teu colo: é só do que me lembro, beldade. 69. Enquanto me abraçavas, o sono

termos, poéticos ou antigos, são empregados nas falas de Sāvitrī, ao passo que *rātri*, o termo corriqueiro para "noite", ocorre na fala de Satyavān, em 5.89. Este dado, ao nosso ver, acrescenta ainda outro traço de erudição (*pāṇḍitya*) à composição da personagem, como se aventou sobre a questão do emprego dos metros longos no item 6 da "Introdução", e dos *nirvacanāni* (cf. notas aos versos 5.33 e 5.40).

त्वयोपगूढस्य च मे निद्रयापहृतं मनः ।
ततोऽपश्यं तमो घोरं पुरुषं च महौजसम् ॥ ६९ ॥
तद्यदि त्वं विजानासि किं तद्ब्रूहि सुमध्यमे ।
स्वप्नो मे यदि वा दृष्टो यदि वा सत्यमेव तत् ॥ ७० ॥
तमुवाचाथ सावित्री रजनी व्यवगाहते ।
श्वस्ते सर्वं यथावृत्तमाख्यास्यामि नृपात्मज ॥ ७१ ॥
उत्तिष्ठोत्तिष्ठ भद्रं ते पितरौ पश्य सुव्रत ।
विगाढा रजनी चेयं निवृत्तश्च दिवाकरः ॥ ७२ ॥
नक्तंचराश्चरन्त्येते हृष्टाः क्रूराभिभाषिणः ।
श्रूयन्ते पर्णशब्दाश्च मृगाणां चरतां वने ॥ ७३ ॥
एताः शिवा घोरनादा दिशं दक्षिणपश्चिमाम् ।
आस्थाय विरुवन्त्युग्राः कम्पयन्त्यो मनो मम ॥ ७४ ॥
सत्यवानुवाच ।
वनं प्रतिभयाकारं घनेन तमसा वृतम् ।
न विज्ञास्यसि पन्थानं गन्तुं चैव न शक्ष्यसि ॥ ७५ ॥
सावित्र्युवाच ।
अस्मिन्नद्य वने दग्धे शुष्कवृक्षः स्थितो ज्वलन् ।
वायुना धम्यमानोऽग्निर्दृश्यतेऽत्र क्वचित्क्वचित् ॥ ७६ ॥
ततोऽग्निमानयित्वेह ज्वालयिष्यामि सर्वतः ।
काष्ठानीमानि सन्तीह जहि संतापमात्मनः ॥ ७७ ॥

78 **Autor do dia** (*divākara*): i.e., o sol.

79 **Andarilhos da noite** (*naktacara*): perífrase que se refere ao *rakṣas* ou *rākṣasa*, nome genérico de seres monstruosos terrenais e de disposição maléfica. Costumam rondar pela noite e estorvar os sacrifícios, pelo que são considerados grandes inimigos não só dos homens, mas

me arrebatou a mente, e foi então que vi uma escuridão terrível e um homem de grande viço. 70. Pois bem, se sabes de algo, conta--me, moça esguia, se o que vi foi sonho ou se era mesmo verdade!"

– Disse-lhe então Sāvitrī:

71. "– Cai a noite trevosa; amanhã te contarei como tudo aconteceu, príncipe. 72. Anda, levanta! Pensa em teus pais, varão zeloso, por favor! Cai em trevas a noite: já o autor do dia[78] cessa. 73. Perambulam nestas bandas os andarilhos da noite,[79] alvoroçados, a maquinar crueldades; ouve-se o farfalhar das folhas enquanto os animais perambulam pela mata; 74. chacais de ulular sinistro uivam cruéis a sudoeste e me fazem tremer o coração".

Disse Satyavān:

75. "– Esta floresta de cariz assustador está coberta por densa escuridão. Não reconhecerás o caminho de volta, não poderás partir!"

Disse Sāvitrī:

76. "– Depois do incêndio que houve hoje na mata, ali restou uma árvore seca ainda em brasas. Quando o vento sopra, ora vê--se nela o fogo, ora não. 77. Vou avivar aqui aquele fogo e lançar luz à nossa volta: há cá umas madeiras. Não te aflijas, 78. se não aguentas partir. Noto que ainda sentes dor, e não reconhecerás o

também dos deuses. Têm ainda o poder de assumir qualquer forma, seja humana, seja animal ou híbrida, o que fazem para aterrorizar e ludibriar os homens. Nos épicos e *Purāṇas*, não só habitam ermos e florestas, vagando pela noite, mas também vivem em suas próprias cidades e regem seus próprios reinos, como é o caso de Rāvaṇa, rei de Laṅkā e inimigo de Rāma, herói do *Rāmāyaṇa*.

यदि नोत्सहसे गन्तुं सरुजं त्वाभिलक्षये।
न च ज्ञास्यसि पन्थानं तमसा संवृते वने॥ ७८॥
श्वः प्रभाते वने दृश्ये यास्यावोऽनुमते तव।
वसावेह क्षपामेतां रुचितं यदि तेऽनघ॥ ७९॥

सत्यवानुवाच।
शिरोरुजा निवृत्ता मे स्वस्थान्यङ्गानि लक्षये।
मातापितृभ्यामिच्छामि संगमं त्वत्प्रसादजम्॥ ८०॥
न कदाचिद्विकाले हि गतपूर्वो मयाश्रमः।
अनागतायां संध्यायां माता मे प्ररुणद्धि माम्॥ ८१॥
दिवापि मयि निष्क्रान्ते संतप्येते गुरू मम।
विचिनोति च मां तातः सहैवाश्रमवासिभिः॥ ८२॥
मात्रा पित्रा च सुभृशं दुःखिताभ्यामहं पुरा।
उपालब्धः सुबहुशश्चिरेणागच्छसीति ह॥ ८३॥
का त्ववस्था तयोरद्य मदर्थमिति चिन्तये।
तयोरदृश्ये मयि च महद्दुःखं भविष्यति॥ ८४॥
पुरा मामूचतुश्चैव रात्रावस्रायमाणकौ।
भृशं सुदुःखितौ वृद्धौ बहुशः प्रीतिसंयुतौ॥ ८५॥
त्वया हीनौ न जीवाव मुहूर्तमपि पुत्रक।
यावद्धरिष्यसे पुत्र तावन्नौ जीवितं ध्रुवम्॥ ८६॥

caminho enquanto a floresta estiver coberta pela escuridão. 79. Amanhã cedo, quando se puder ver a floresta, partiremos com o teu consentimento. Passemos esta noite aqui, se assim te apraz, varão sem pecado".

Disse Satyavān:

80. "– A dor de cabeça passou; sinto meu corpo são. Quero ir ter com meus pais, por favor! 81. Jamais cheguei tarde ao eremitério: antes mesmo do crepúsculo, minha mãe já me proíbe de sair. 82. Meus pais afligem-se mesmo quando saio durante o dia: papai se abala à minha procura com os moradores do eremitério. 83. No passado, era comum que ralhassem comigo, deveras desgostosos: 'Demoraste a chegar!' 84. Preocupo-me quando penso em como estão hoje por minha causa: em não me vendo, há de ser grande o sofrimento deles! 85. No passado, quando era noite, meu pai e minha mãe – desconsolados os velhos, banhados em lágrimas! –, diziam-me cheios de afeto: 86. 'Sem ti não viveríamos sequer por um instante, filho! Enquanto sobreviveres, nossa vida estará segura. 87. És o pilar destes dois cegos anciãos;[80] em ti assenta nossa

वृद्धयोरन्धयोर्यष्टिस्त्वयि वंशः प्रतिष्ठितः ।
त्वयि पिण्डश्च कीर्तिश्च संतानं चावयोरिति ॥ ८७ ॥
माता वृद्धा पिता वृद्धस्तयोर्यष्टिरहं किल ।
तौ रात्रौ मामपश्यन्तौ कामवस्थां गमिष्यतः ॥ ८८ ॥
निद्रायाश्चाभ्यसूयामि यस्या हेतोः पिता मम ।
माता च संशयं प्राप्ता मत्कृतेऽनपकारिणी ॥ ८९ ॥
अहं च संशयं प्राप्तः कृच्छ्रामापदमास्थितः ।
मातापितृभ्यां हि विना नाहं जीवितुमुत्सहे ॥ ९० ॥
व्यक्तमाकुलया बुद्ध्या प्रज्ञाचक्षुः पिता मम ।
एकैकमस्यां वेलायां पृच्छत्याश्रमवासिनम् ॥ ९१ ॥
नात्मानमनुशोचामि यथाहं पितरं शुभे ।
भर्तारं चाप्यनुगतां मातरं परिदुर्बलाम् ॥ ९२ ॥
मत्कृतेन हि तावद्य संतापं परमेष्यतः ।
जीवन्तावनुजीवामि भर्तव्यौ तौ मयेति ह ।
तयोः प्रियं मे कर्तव्यमिति जीवामि चाप्यहम् ॥ ९३ ॥

80 **Pilar destes dois cegos anciãos** (*vṛddhayor andhayor yaṣṭiḥ*): em nenhum outro passo se diz que a mãe de Satyavān – cujo nome é Śaibyā (cf. 6.2) – compartilha da cegueira do marido. Cabe lembrar, ademais, que Dyumatsena não é cego de nascença, mas que "à certa altura foi acometido de cegueira" (2.7). A incongruência é possível reminiscência do casal real Dhṛtarāṣṭra – este, sim, nascido cego – e Gāndhārī, pais de Duryodhana e dos demais Kauravas: conta-se que Gāndhārī, ao saber que era cego o homem com que se casaria, decide vendar os olhos, no intento de compartilhar, tão só e integralmente – como boa *pati-vratā* – da medida de experiência acessível ao marido: "Gāndhārī então soube que Dhṛtarāṣṭra era cego, e que era

linhagem; em ti assentam a subsistência, o nome e a continuidade de nós dois!' 88. Minha mãe é velha, meu pai é velho: sou eu de fato o pilar deles dois. Ora, como ficarão ao não me verem de noite? 89. Amaldiçoo este sono que pôs meu pai e minha inocente mãe em apuros por minha causa!

90. Também eu ora enfrento apuro e forte angústia, pois não suporto viver sem meu pai e minha mãe. 91. Decerto, com a mente em desordem, meu pai, que enxerga com a inteligência, interroga neste instante a cada morador do eremitério. 92. Não me lamento por mim como[81] por meu pai, beldade, e também por minha frágil mãe, que seguiu o marido. 93. Por minha causa, ambos hoje sofrerão em demasia. Eu sobrevivo enquanto os dois viverem, para que o amparo deles seja eu; e também por isso eu vivo, por fazer-lhes seu agrado!"

desejo de seus pais conceder-lhe sua mão, ó Bhārata. Então a bela moça apanhou uma tira de pano e, ornando-a, atou-a sobre olhos, em sinal de devoção ao marido e decidida: 'Que eu não desfrute mais do que desfruta meu marido!'" – *Gāndhārī tv api śuśrāva Dhṛtarāṣṭram acakṣuṣam / ātmānaṃ ditsitaṃ cāsmai pitrā mātrā ca Bhārata // tataḥ sā paṭṭam ādāya kṛtvā bahu-guṇaṃ śubhā / babandha netre sve rājan pati-vrata-parāyaṇā/ nātyaśnīyāṃ patim aham ity evaṃ kṛta-niścayā* // Mbh 1.103.12, 13.

81 **Não me lamento por mim como...** (*nātmānam anuśocāmi yathā...*): trata-se da mesma fórmula que inicia a narrativa, em 1.1.

मार्कण्डेय उवाच ।
एवमुक्त्वा स धर्मात्मा गुरुवर्ती गुरुप्रियः ।
उच्छ्रित्य बाहू दुःखार्तः सस्वरं प्ररुरोद ह ॥ ९४ ॥
ततोऽब्रवीत्तथा दृष्ट्वा भर्तारं शोककर्शितम् ।
प्रमृज्याश्रूणि नेत्राभ्यां सावित्री धर्मचारिणी ॥ ९५ ॥
यदि मेऽस्ति तपस्तप्तं यदि दत्तं हुतं यदि ।
श्वश्रूश्वशुरभर्तॄणां मम पुण्यास्तु शर्वरी ॥ ९६ ॥
न स्मराम्युक्तपूर्वां वै स्वैरेष्वप्यनृतां गिरम् ।
तेन सत्येन तावद्य ध्रियेतां श्वशुरौ मम ॥ ९७ ॥
सत्यवानुवाच ।
कामये दर्शनं पित्रोर्याहि सावित्रि माचिरम् ।
पुरा मातुः पितुर्वापि यदि पश्यामि विप्रियम् ।
न जीविष्ये वरारोहे सत्येनात्मानमालभे ॥ ९८ ॥
यदि धर्मे च ते बुद्धिर्मां चेज्जीवन्तमिच्छसि ।
मम प्रियं वा कर्तव्यं गच्छस्वाश्रममन्तिकात् ॥ ९९ ॥

मार्कण्डेय उवाच ।
सावित्री तत उत्थाय केशान्संयम्य भामिनी ।
पतिमुत्थापयामास बाहुभ्यां परिगृह्य वै ॥ १०० ॥
उत्थाय सत्यवांश्चापि प्रमृज्याङ्गानि पाणिना ।
दिशः सर्वाः समालोक्य कठिने दृष्टिमादधे ॥ १०१ ॥
तमुवाचाथ सावित्री श्वः फलानीह नेष्यसि ।
योगक्षेमार्थमेतत्ते नेष्यामि परशुं त्वहम् ॥ १०२ ॥
कृत्वा कठिनभारं सा वृक्षशाखावलम्बिनम् ।
गृहीत्वा परशुं भर्तुः सकाशं पुनरागमत् ॥ १०३ ॥

Disse Mārkaṇḍeya:

94. – Assim dizendo, aquele homem devotado ao *dharma*, obediente e afeiçoado aos pais, angustiado alçou os braços e chorou ruidosamente. 95. Vendo o marido emaciado de pesar, assim falou-lhe a virtuosa Sāvitrī, limpando-lhe as lágrimas dos olhos:

96. "– Se pratiquei ascese, se fui generosa, se fiz oferendas, então que seja propícia esta noite estrelada a meu sogro e minha sogra e ao meu marido! 97. Não me recordo de ter dito alguma vez palavra falsa, mesmo em trivialidades. Que por essa verdade meus sogros hoje perdurem!"

Disse Satyavān:

98. "– Quero ver meus pais. Anda, Sāvitrī, vamos logo! Se eu souber que algo ruim acontece a minha mãe ou a meu pai, eu não vivo, moça esbelta: antes me mato! 99. Se tens o pensamento no *dharma*, se me queres vivo, ou se é teu dever fazeres o que me agrada, regressa comigo para o eremitério não longe daqui!"

Disse Mārkaṇḍeya:

100. – Sāvitrī então levantou-se e prendeu os cabelos, radiante. Ergueu o marido cingindo-o com os braços. 101. Quando se pôs de pé, Satyavān espanejou o corpo com as mãos; olhando em volta, deitou a vista no cesto. 102. Sāvitrī então lhe disse:

"– Virás amanhã buscar os frutos. Vou levar teu machado por segurança".

103. – E ela pendurou o cesto num galho d'árvore, apanhou o machado e voltou para junto do marido. 104. A moça de belas an-

वामे स्कन्धे तु वामोरूर्भर्तुर्बाहुं निवेश्य सा।
दक्षिणेन परिष्वज्य जगाम मृदुगामिनी॥ १०४॥
सत्यवानुवाच।
अभ्यासगमनाद्भीरु पन्थानो विदिता मम।
वृक्षान्तरालोकितया ज्योत्स्नया चापि लक्षये॥ १०५॥
आगतौ स्वः पथा येन फलान्यवचितानि च।
यथागतं शुभे गच्छ पन्थानं मा विचारय॥ १०६॥
पलाशषण्डे चैतस्मिन्पन्था व्यावर्तते द्विधा।
तस्योत्तरेण यः पन्थास्तेन गच्छ त्वरस्व च।
स्वस्थोऽस्मि बलवानस्मि दिदृक्षुः पितरावुभौ॥ १०७॥

मार्कण्डेय उवाच।
ब्रुवन्नेवं त्वरायुक्तः स प्रायादाश्रमं प्रति॥ १०८॥

इति श्रीमहाभारते अरण्यकपर्वणि
एकाशीत्यधिकद्विशततमोऽध्यायः॥ २८१॥

82 **Palāśa:** *Butea frondosa*, árvore que dá flores de um laranja avermelhado; floresce à chegada da primavera e, portanto, costuma ser associada ao florescer do desejo (cf. nota ao verso 4.31). Nesta passagem, no entanto, o tom erótico se acha diluído.

cas então apoiou no ombro esquerdo o braço dele, cingiu-o com o braço direito e partiu em suave caminhada.

Disse Satyavān:

105. "– Por muito que vim aqui, os caminhos me são bem conhecidos, moça tímida; ademais, eu os diviso pelo luar que se mostra entre as árvores. 106. Nós viemos pelo caminho onde colhi os frutos: volta como vieste, beldade, e não te desvies do caminho! 107. Neste bosque de *palāśas*,[82] o caminho se bifurca: vai pelo da esquerda, e apressa-te! Eu estou são, estou forte, e ansioso por rever meus pais!"

Disse Mārkaṇḍeya:

108. – Assim dizendo, Satyavān partiu à pressa para o eremitério.

Aqui termina o ducentésimo octogésimo primeiro capítulo do "Livro da floresta" do Mahabharata.

षष्ठोऽध्यायः [२८२]

Capítulo 6 [*Mbh* 3.282.1-44]

मार्कण्डेय उवाच ।
एतस्मिन्नेव काले तु द्युमत्सेनो महावने ।
लब्धचक्षुः प्रसन्नात्मा दृष्ट्या सर्वं ददर्श ह ॥ १ ॥
स सर्वानाश्रमान्गत्वा शैब्यया सह भार्यया ।
पुत्रहेतोः परामार्तिं जगाम मनुजर्षभ ॥ २ ॥
तावाश्रमान्नदीश्चैव वनानि च सरांसि च ।
तांस्तान्देशान्विचिन्वन्तौ दम्पती परिजग्मतुः ॥ ३ ॥
श्रुत्वा शब्दं तु यत्किंचिदुन्मुखौ सुतशङ्कया ।
सावित्रीसहितोऽभ्येति सत्यवानित्यधावताम् ॥ ४ ॥
भिन्नैश्च परुषैः पादैः सव्रणैः शोणितोक्षितैः ।
कुशकण्टकविद्धाङ्गावुन्मत्ताविव धावतः ॥ ५ ॥
ततोऽभिसृत्य तैर्विप्रैः सर्वैराश्रमवासिभिः ।
परिवार्य समाश्वास्य समानीतौ स्वमाश्रमम् ॥ ६ ॥
तत्र भार्यासहायः स वृतो वृद्धैस्तपोधनैः ।
आश्वासितो विचित्रार्थैः पूर्वराज्ञां कथाश्रयैः ॥ ७ ॥
ततस्तौ पुनराश्वस्तौ वृद्धौ पुत्रदिदृक्षया ।
बाल्ये वृत्तानि पुत्रस्य स्मरन्तौ भृशदुःखितौ ॥ ८ ॥

83 **Com ela enxergou a tudo** (*dṛṣṭyā sarvaṃ dadarśa*): lit. “viu tudo com a visão”; note-se que a redundância da construção é apenas aparente, pois ela remete, por contraste, à *prajñā-cakṣus* “que enxerga com

Disse Mārkaṇḍeya:

1. – Nesse ínterim, na grande floresta, Dyumatsena recuperara a visão e com ela, ledo, enxergou a tudo.[83] 2. Porém, depois de visitar com Śaibyā, sua mulher, a todos os eremitérios, angustiou-se deveras por conta do filho, ó touro entre os homens. 3. Eremitérios e rios, florestas e lagos – os dois, marido e mulher, contornaram esses lugares em sua busca. 4. Se ouviam qualquer ruído, punham-se a correr ansiosos, na suspeita de que era o filho: "– É Satyavān que vem chegando com Sāvitrī!". 5. Com os pés rachados e ásperos, feridos e ensanguentados, com os corpos picados por espinhos de *kuśa*, os dois corriam feito loucos.[84] 6. Então vieram a eles todos os brâmanes do eremitério, que os rodearam e os confortaram, e foram assim reconduzidos à sua morada. 7. Lá, junto da mulher e cercado de anciãos de grande ascese, o rei foi reconfortado com maravilhosas histórias de soberanos antigos. 8. Porém, assim que recobraram ânimo, os dois velhos, na ânsia de rever o filho, puseram-se a recordar as aventuras do menino na infância e logo recaíram em grande sofrimento; 9. repetindo

a inteligência", expressão usada por Satyavān em 5.91 para qualificar o modo especial de ver de seu pai, quando ainda era cego.

84 **Os dois corriam feito loucos** (*mattāv iva dhāvataḥ*): o torneio soa moderno, no entanto é tradução nada mais que literal do que se diz em sânscrito.

पुनरुक्त्वा च करुणां वाचं तौ शोककर्शितौ ।
हा पुत्र हा साध्वि वधूः क्वासि क्वासीत्यरोदताम् ॥ ९ ॥

सुवर्चा उवाच ।
यथास्य भार्या सावित्री तपसा च दमेन च ।
आचारेण च संयुक्ता तथा जीवति सत्यवान् ॥ १० ॥
गौतम उवाच ।
वेदाः साङ्गा मयाधीतास्तपो मे संचितं महत् ।
कौमारं ब्रह्मचर्यं मे गुरवोऽग्निश्च तोषिताः ॥ ११ ॥

85 Os nomes dos *ṛṣis* mencionados neste passo – Suvarcas, Gautama, Bhāradvāja, Dālbhya, Māṇḍavya e Dhaumya – são tradicionalmente associados a sábios, parte deles (Gautama, Bhāradvāja e Dālbhya) remontando ao período védico. No *Mahābhārata*, personagens de mesmo nome são mencionados num sem-número de histórias (cf. Sörensen 1963).

86 **Os Vedas e as disciplinas ancilares** (*vedāḥ sāṅgāḥ*): lit. "os Vedas com os membros". O termo *veda* aqui se refere sobretudo às *saṃhitās*, i.e., as três grandes coleções de matéria textual dos rituais solenes (*śrauta*): *Ṛg-veda*, coleção de hinos, *Sāma-veda*, de cânticos, e *Yajur-veda*, de fórmulas ritualísticas; e à quarta coleção, *Atharva-veda*, que reúne matéria textual variada, relativa sobretudo a rituais domésticos (*gṛhya*). O termo *aṅga* (lit. "membro, parte do corpo") refere-se a cada uma da seis disciplinas ancilares – i.e., auxiliares – do *corpus* védico: são elas as quatro disciplinas linguísticas – *nirukta* ou *nirvacana* ("análise semântica"), *vyākaraṇa* ("gramática"), *śikṣā* ("fonética") e *chandas* ("métrica") –, *jyotiṣa* ("astronomia/astrologia")

palavras lúgubres, emaciados de tristeza, eles carpiam: "Ai, filho, onde estás! Ai, boa nora, onde estás!"

Disse Suvarcas:[85]

10. "– Pela ascese, temperança e boa conduta de Sāvitrī, sua mulher, Satyavān vive!"

Disse Gautama:

11. "– Estudei os Vedas e as disciplinas ancilares;[86] grande ascese acumulei; casto foi meu tempo de estudante;[87] satisfiz aos mestres e ao fogo.[88] 12. Observei atentamente todos os votos, o

e *kalpa* ("ritualística"). As disciplinas linguísticas – forma propriamente indiana de filologia – são consideradas instrumentais para a preservação e transmissão do *corpus* textual; *jyotiṣa* e *kalpa*, por sua vez, aplicam-se diretamente à execução dos rituais.

87 **Tempo de estudante** (*brahmacarya*): no bramanismo, uma das quatro etapas (*āśrama*) em que se divide – idealmente – a vida dos membros homens das três classes superiores – *brāhmaṇa* (sacerdotal), *kṣatriya* (governante) e *vaiśya* (produtora). As demais são: *gārhasthya*, a etapa de chefe de família; *vānaprastha*, a etapa de eremita na floresta, ainda junto da mulher; e *saṃnyāsa*, a vida de renunciante, i.e., de mendicante solitário. Note-se que há redundância expressiva na fala de Gautama, já que a fase de *brahmacarya* é necessariamente celibatária e, portanto, casta. O termo também se usa no sentido simples de "celibato".

88 **Fogo** (*agni*): i.e., "sacrifício", por metonímia; "satisfazer ao fogo" (*agniṃ toṣaya*), destarte, significa cumprir com a realização dos sacrifícios, com vistas à preservação da ordem eterna (*dharma*).

समाहितेन चीर्णानि सर्वाण्येव व्रतानि मे ।
वायुभक्षोपवासश्च कुशलानि च यानि मे ॥ १२ ॥
अनेन तपसा वेद्मि सर्वं परिचिकीर्षितम् ।
सत्यमेतन्निबोध त्वं ध्रियते सत्यवानिति ॥ १३ ॥
शिष्य उवाच ।
उपाध्यायस्य मे वक्त्राद्यथा वाक्यं विनिःसृतम् ।
नैतज्जातु भवेन्मिथ्या तथा जीवति सत्यवान् ॥ १४ ॥
ऋषय ऊचुः ।
यथास्य भार्या सावित्री सर्वैरेव सुलक्षणैः ।
अवैधव्यकरैर्युक्ता तथा जीवति सत्यवान् ॥ १५ ॥
भारद्वाज उवाच ।
यथास्य भार्या सावित्री तपसा च दमेन च ।
आचारेण च संयुक्ता तथा जीवति सत्यवान् ॥ १६ ॥
दाल्भ्य उवाच ।
यथा दृष्टिः प्रवृत्ता ते सावित्र्याश्च यथा व्रतम् ।
गताहारमकृत्वा च तथा जीवति सत्यवान् ॥ १७ ॥

89 **Jejum do vento** (*vāyubhākṣopavāsa*): lit. "jejum do que come [consome] vento/ar", i.e., jejum total, em que o praticante nada ingere. Constitui prática temporária, como os demais *vratāni* (cf. nota ao verso 4.3). O gramático Patañjali (I AEC/I EC), no *Mahābhāṣya* (*Grande comentário* [à gramática de Pāṇini]), menciona os compostos *abbhakṣa* "que consome água" e *vāyubhakṣa*, "que consome vento", ao mencionar expressões que veiculam implicitamente sentido restritivo: "Ou bem há expressões que, por si só, são restritivas, e.g.:

jejum do vento[89] e outros que me eram de proveito. 13. Por essa austeridade,[90] conheço a todo desígnio. Escuta esta verdade: Satyavān perdura!"

Disse um discípulo:

14. "– Porque da boca do meu mestre jamais saiu palavra mentirosa, Satyavān vive!"

Disseram os *ṛṣis*:

15. "– Pelos auspiciosos sinais de não-viuvez que tem Sāvitrī, sua mulher, Satyavān vive!"

Disse Bhāradvāja:

16. "– Pela ascese, temperança e boa conduta de Sāvitrī, sua mulher, Satyavān vive!"

Disse Dālbhya:

17. "– Pela visão que recobraste e pelo voto de Sāvitrī, que partiu sem alimento, Satyavān vive!"

ab-bhakṣa, vāyu-bhakṣaḥ, i.e., que consome só água, que consome só vento" – *athavā santy eka-padāny apy avadhāraṇāni. tadyathābbhakṣo vāyubhakṣa ity apa eva bhakṣayati vāyum eva bhakṣayati* [...]. (*MBhāṣ* 1.6.23-24).

90 **Austeridade** (*tapas*): significa ao mesmo tempo a prática ascética e o mérito que dela advém (cf. nota ao verso 4.3); traduzem este conceito em nosso texto os termos "ascese" e "austeridade".

माण्डव्य उवाच ।
यथा वदन्ति शान्तायां दिशि वै मृगपक्षिणः ।
पार्थिवी च प्रवृत्तिस्ते तथा जीवति सत्यवान् ॥ १८ ॥
धौम्य उवाच ।
सर्वैर्गुणैरुपेतस्ते यथा पुत्रो जनप्रियः ।
दीर्घायुर्लक्षणोपेतस्तथा जीवति सत्यवान् ॥ १९ ॥

मार्कण्डेय उवाच ।
एवमाश्वासितस्तैस्तु सत्यवाग्भिस्तपस्विभिः ।
तांस्तान्विगणयन्नर्थानवस्थित इवाभवत् ॥ २० ॥
ततो मुहूर्तात्सावित्री भर्त्रा सत्यवता सह ।
आजगामाश्रमं रात्रौ प्रहृष्टा प्रविवेश ह ॥ २१ ॥

ब्राह्मणा ऊचुः ।
पुत्रेण संगतं त्वाद्य चक्षुष्मन्तं निरीक्ष्य च ।
सर्वे वयं वै पृच्छामो वृद्धिं ते पृथिवीपते ॥ २२ ॥
समागमेन पुत्रस्य सावित्र्या दर्शनेन च ।
चक्षुषश्चात्मनो लाभात्त्रिभिर्दिष्ट्या विवर्धसे ॥ २३ ॥
सर्वैरस्माभिरुक्तं यत्तथा तन्नात्र संशयः ।
भूयो भूयश्च वृद्धिस्ते क्षिप्रमेव भविष्यति ॥ २४ ॥

मार्कण्डेय उवाच ।
ततोऽग्निं तत्र संज्वाल्य द्विजास्ते सर्व एव हि ।
उपासांचक्रिरे पार्थं द्युमत्सेनं महीपतिम् ॥ २५ ॥

Disse Māṇḍavya:

18. "– Pelos quadrúpedes e pássaros que cantam em auspiciosa direção, por tua conduta digna de rei, Satyavān vive!"

Disse Dhaumya:

19. "– Por todas as virtudes de teu filho, a quem o povo ama, e pelas marcas de longevidade que carrega, Satyavān vive!"

Disse Mārkaṇḍeya:

20. – Assim confortado por esses ascetas de verazes palavras, o rei, a ponderar-lhes os sentidos, pareceu recomposto. 21. E eis que, justo no instante seguinte, chega ao eremitério em plena noite Sāvitrī com seu marido Satyavān – e entrou exultante!

Disseram os brâmanes:

22. "– Ao ver-te hoje reunido com teu filho e enxergando, todos nós aqui rogamos por tua ventura, soberano! 23. Pela reunião com teu filho, pelo reencontro com Sāvitrī e pela retomada da visão – pelos três nós te felicitamos! 24. Não tenhas dúvida: o que dizemos, como tal se realiza: mais e mais ventura muito em breve te sucederá!"

Disse Mārkaṇḍeya:

25. – Então, ó Pārtha,[91] todos aqueles brâmanes acenderam o fogo e sentaram-se junto ao soberano Dyumatsena. 26. Śaibyā, Sa-

91 **Pārtha:** lit. "filho de Pṛthā", trata-se de matronímico: Pṛthā é o prenome da mulher de Pāṇḍu, mãe de Yudhiṣṭhira. Ela é mais conhecida pelo seu patronímico, Kuntī, "filha de Kunti", i.e., do rei Kuntibhoja.

शैब्या च सत्यवांश्चैव सावित्री चैकतः स्थिताः ।
सर्वैस्तैरभ्यनुज्ञाता विशोकाः समुपाविशन् ॥ २६ ॥
ततो राज्ञा सहासीनाः सर्वे ते वनवासिनः ।
जातकौतूहलाः पार्थ पप्रच्छुर्नृपतेः सुतम् ॥ २७ ॥
प्रागेव नागतं कस्मात्सभार्येण त्वया विभो ।
विरात्रे चागतं कस्मात्कोऽनुबन्धश्च तेऽभवत् ॥ २८ ॥
संतापितः पिता माता वयं चैव नृपात्मज ।
नाकस्मादिति जानीमस्तत्सर्वं वक्तुमर्हसि ॥ २९ ॥
सत्यवानुवाच ।
पित्राहमभ्यनुज्ञातः सावित्रीसहितो गतः ।
अथ मेऽभूच्छिरोदुःखं वने काष्ठानि भिन्दतः ॥ ३० ॥
सुप्तश्चाहं वेदनया चिरमित्युपलक्षये ।
तावत्कालं च न मया सुप्तपूर्वं कदाचन ॥ ३१ ॥
सर्वेषामेव भवतां संतापो मा भवेदिति ।
अतो विरात्रागमनं नान्यदस्तीह कारणम् ॥ ३२ ॥
गौतम उवाच ।
अकस्माच्चक्षुषः प्राप्तिर्द्युमत्सेनस्य ते पितुः ।
नास्य त्वं कारणं वेत्थ सावित्री वक्तुमर्हति ॥ ३३ ॥
श्रोतुमिच्छामि सावित्रि त्वं हि वेत्थ परावरम् ।
त्वां हि जानामि सावित्रि सावित्रीमिव तेजसा ॥ ३४ ॥
त्वमत्र हेतुं जानीषे तस्मात्सत्यं निरुच्यताम् ।
रहस्यं यदि ते नास्ति किंचिदत्र वदस्व नः ॥ ३५ ॥

92 **As causas e os efeitos** (*parāvara*): lit. "o superior e o inferior"; trata-se de expressão deveras polissêmica na literatura. O contexto parece dirigir o sentido para a ideia de "causa e efeito", dado que Gau-

tyavān, e Sāvitrī, ali de pé ao seu lado, afastaram de si a tristeza e, com a anuência dos brâmanes, também se sentaram. 27. Todos aqueles eremitas sentados com o rei, então cheios de curiosidade, perguntaram ao príncipe Satyavān:

28. "– Senhor, por que não vieste antes com tua mulher? Por que voltaste tarde da noite? Que empecilho te ocorreu? 29. Sofríamos teu pai, tua mãe e nós mesmos, ó príncipe! Sabemos que não foi sem razão: conta-nos, por favor!"

Disse Satyavān:

30. "– Com a anuência de meu pai, parti acompanhado de Sāvitrī. Adveio-me então uma dor de cabeça enquanto cortava lenha na floresta. 31. Sei que, devido à dor, dormi por muito tempo – tanto tempo quanto jamais dormira! 32. Foi para poupar a todos vós essa aflição, eis porque viemos tarde da noite, e não por outra razão".

Disse Gautama:

33. "– Dyumatsena, teu pai, fortuitamente recuperou a visão, e tu não sabes a causa. Que então no-la diga Sāvitrī! 34. Quero ouvir-te, Sāvitrī, pois conheces as causas e os efeitos,[92] e sei que em esplendor és tal qual Sāvitrī![93] 35. Tu conheces a causa: que a verdade seja dita! Se não é segredo, diz-nos algo a esse respeito!"

tama deseja conhecer a causa do efeito que acabara de presenciar: a recuperação da visão por parte de Dyumatsena.

93 I.e., a deusa Sāvitrī.

सावित्र्युवाच ।
एवमेतद्यथा वेत्थ संकल्पो नान्यथा हि वः ।
न च किंचिद्रहस्यं मे श्रूयतां तथ्यमत्र यत् ॥ ३६ ॥
मृत्युर्मे भर्तुराख्यातो नारदेन महात्मना ।
स चाद्य दिवसः प्राप्तस्ततो नैनं जहाम्यहम् ॥ ३७ ॥
सुप्तं चैनं यमः साक्षादुपागच्छत्सकिंकरः ।
स एनमनयद्बद्ध्वा दिशं पितृनिषेविताम् ॥ ३८ ॥
अस्तौषं तमहं देवं सत्येन वचसा विभुम् ।
पञ्च वै तेन मे दत्ता वराः शृणुत तान्मम ॥ ३९ ॥
चक्षुषी च स्वराज्यं च द्वौ वरौ श्वशुरस्य मे ।
लब्धं पितुः पुत्रशतं पुत्राणामात्मनः शतम् ॥ ४० ॥
चतुर्वर्षशतायुर्मे भर्ता लब्धश्च सत्यवान् ।
भर्तुर्हि जीवितार्थं तु मया चीर्णं स्थिरं व्रतम् ॥ ४१ ॥
एतत्सत्यं मयाख्यातं कारणं विस्तरेण वः ।
यथा वृत्तं सुखोदर्कमिदं दुःखं महन्मम ॥ ४२ ॥
ऋषय ऊचुः ।
निमज्जमानं व्यसनैरभिद्रुतं
कुलं नरेन्द्रस्य तमोमये ह्रदे ।
त्वया सुशीले धृतधर्मपुण्यया
समुद्धृतं साध्वि पुनः कुलीनया ॥ ४३ ॥

94 **Em prol de sua vida** (*bhartur hi jīvitārthaṃ*): lit. "em prol da vida do marido"; Sāvitrī enfim enuncia com clareza a finalidade do voto de três noites que realizara (4.3-9): o cumprimento do voto constitui a causa material primeira da concessão dos prêmios ou pedidos (*vara*) por parte de Yama (cf. notas aos versos 4.3 e 4.17).

Disse Sāvitrī:

36. "– É tal como compreendes: meu desejo não é diferente do vosso, nem eu faço segredo algum. Pois que se ouça a verdade! 37. A morte do meu marido me fora anunciada pelo magnânimo Nārada, e hoje havia chegado o dia, assim não o abandonei. 38. Quando Satyavān adormeceu, veio Yama em pessoa com seus servos. Ele o laçou e já o levava à região que os antepassados habitam. 39. Louvei o poderoso deus com palavras verdadeiras e por ele me foram concedidos cinco pedidos. Ouvi quais sejam: 40. seus olhos e seu reino foram os pedidos a meu sogro; para meu pai obtive uma centena de filhos, e outra centena para mim; 41. e obtive de volta Satyavān, meu marido, com uma vida de quatrocentos anos, pois em prol de sua vida[94] cumpri firme voto. 42. Eis aí a vós narrada em pormenor a causa verdadeira, como me sucedeu essa imensa dor que acabou em alegria".

Disseram os *r̥ṣis*:

43. "– A família do rei que, assolada por desgraças, imergia num lago de escuridão, tu, por tua conduta e *dharma* puro, tu a reergueste, boa dama!"[95]

95 **Boa dama** (*kulīnā*): adjetivo derivado de *kula*, "família", que se refere à pessoa de boa família ou "de berço", como se diz: em suma, à "dama", quando no feminino, ou ao "cavalheiro", quando usado no masculino.

मार्कण्डेय उवाच ।
तथा प्रशस्य ह्यभिपूज्य चैव ते
वरस्त्रियं तामृषयः समागताः ।
नरेन्द्रमामन्त्र्य सपुत्रमञ्जसा
शिवेन जग्मुर्मुदिताः स्वमालयम् ॥ ४४ ॥

इति श्रीमहाभारते अरण्यकपर्वणि
द्व्यशीत्यधिकद्विशततमोऽध्यायः ॥ २८२ ॥

Disse Mārkaṇḍeya:

44. – Assim, depois de louvar e honrar aquela excelente mulher, os *ṛṣis* ali reunidos despediram-se do rei e de seu filho e logo partiram para suas moradas, contentes daquela boa ventura.

Aqui termina o ducentésimo octogésimo segundo capítulo do "Livro da floresta" do Mahābhārata.

सप्तमोऽध्यायः [२८३]

Capítulo 7 [*Mbh* 3.283.1-16] - Epílogo

मार्कण्डेय उवाच ।
तस्यां रात्र्यां व्यतीतायामुदिते सूर्यमण्डले ।
कृतपूर्वाह्णिकाः सर्वे समेयुस्ते तपोधनाः ॥ १ ॥
तदेव सर्वं सावित्र्या महाभाग्यं महर्षयः ।
द्युमत्सेनाय नातृप्यन्कथयन्तः पुनः पुनः ॥ २ ॥
ततः प्रकृतयः सर्वाः शाल्वेभ्योऽभ्यागता नृप ।
आचख्युर्निहतं चैव स्वेनामात्येन तं नृपम् ॥ ३ ॥
तं मन्त्रिणा हतं श्रुत्वा ससहायं सबान्धवम् ।
न्यवेदयन्यथातत्त्वं विद्रुतं च द्विषद्बलम् ॥ ४ ॥
ऐकमत्यं च सर्वस्य जनस्याथ नृपं प्रति ।
सचक्षुर्वाप्यचक्षुर्वा स नो राजा भवत्विति ॥ ५ ॥
अनेन निश्चयेनेह वयं प्रस्थापिता नृप ।
प्राप्तानीमानि यानानि चतुरङ्गं च ते बलम् ॥ ६ ॥
प्रयाहि राजन्भद्रं ते घुष्टस्ते नगरे जयः ।
अध्यास्स्व चिररात्राय पितृपैतामहं पदम् ॥ ७ ॥
चक्षुष्मन्तं च तं दृष्ट्वा राजानं वपुषान्वितम् ।
मूर्धभिः पतिताः सर्वे विस्मयोत्फुल्ललोचनाः ॥ ८ ॥
ततोऽभिवाद्य तान्वृद्धान्द्विजानाश्रमवासिनः ।
तैश्चाभिपूजितः सर्वैः प्रययौ नगरं प्रति ॥ ९ ॥
शैब्या च सह सावित्र्या स्वास्तीर्णेन सुवर्चसा ।
नरयुक्तेन यानेन प्रययौ सेनया वृता ॥ १० ॥

Disse Mārkaṇḍeya:

1. – Transcorrida aquela noite e alçado o disco do sol, todos os ascetas se reuniram depois de realizarem os ritos matinais. 2. Os grandes *ṛṣis* não se saciavam com narrar seguidamente a Dyumatsena toda a excelência de Sāvitrī. 3. Então de Śālva vieram todos os conselheiros e, ali chegados, anunciaram que o rei fora morto por seu próprio ministro; 4. comunicaram que, em verdade, ao ouvir que o ministro o matara, bem como a seus aliados e parentes, as forças inimigas haviam fugido, 5. e que todo o povo foi unânime acerca de Dyutmasena – com ou sem visão, que fosse ele o seu rei! 6. "– Com esse propósito fomos aqui enviados, majestade, e para ti obtivemos estas carruagens e um exército de quatro divisões. 7. Parte, soberano, e abençoado sejas! Tua vitória já foi proclamada na cidade. Ocupa por longo tempo o trono dos teus antepassados!"

8. – Quando viram o rei com visão e beleza, prostraram-se todos, arregalando os olhos de espanto. 9. Dyumatsena, depois de saudar os velhos brâmanes que habitavam o eremitério e ser por todos eles honrado, então partiu para a cidade; 10. Śaibyā e Sāvitrī partiram em carruagem puxada por homens, mui ampla e brilhante, escoltada pelo exército. 11. Os sacerdotes com regozi-

ततोऽभिषिषिचुः प्रीत्या द्युमत्सेनं पुरोहिताः ।
पुत्रं चास्य महात्मानं यौवराज्येऽभ्यषेचयन् ॥ ११ ॥

ततः कालेन महता सावित्र्याः कीर्तिवर्धनम् ।
तद्वै पुत्रशतं जज्ञे शूराणामनिवर्तिनाम् ॥ १२ ॥
भ्रातॄणां सोदराणां च तथैवास्याभवच्छतम् ।
मद्राधिपस्याश्वपतेर्मालव्यां सुमहाबलम् ॥ १३ ॥
एवमात्मा पिता माता श्वश्रूः श्वशुर एव च ।
भर्तुः कुलं च सावित्र्या सर्वं कृच्छ्रात्समुद्धृतम् ॥ १४ ॥
तथैवैषापि कल्याणी द्रौपदी शीलसंमता ।
तारयिष्यति वः सर्वान्सावित्रीव कुलाङ्गना ॥ १५ ॥

वैशंपायन उवाच ।
एवं स पाण्डवस्तेन अनुनीतो महात्मना ।
विशोको विज्वरो राजन्काम्यके न्यवसत्तदा ॥ १६ ॥

इति श्रीमहाभारते आरण्यकपर्वणि
त्र्यशीत्यधिकद्विशततमोऽध्यायः ॥ २८३ ॥

॥ समाप्तं द्रौपदीहरणपर्व ॥

96 O corte é abruto: entende-se que já estão na corte de Śālva.

97 **Vaiśaṃpāyana:** célebre *ṛṣi*, narrador de várias histórias no *Mahābhārata*. Conforme se conta já no início do primeiro livro (*Mbh* 1.1.8-14), Vaiśampāyana fora discípulo de Kṛṣṇadvaipāyana Vyāsa – o lendário autor do *Mahābhārata* – e quem primeiro narrou a história no *sarpa-sattra* ("sacrifício das serpentes") realizado pelo rei

jo consagraram rei a Dyumatsena e a seu magnânimo filho como príncipe herdeiro.[96]

12. – Passado longo tempo, de Sāvitrī nasceram, para sua futura glória, aqueles cem filhos, heróis que não recuam; 13. da mesma maneira, outra centena de potentes irmãos consanguíneos lhe deram seus pais, Aśvapati, rei de Madra, e Mālavī. 14. Assim, a si própria, ao pai, à mãe, à sogra, ao sogro e a toda a família do marido, Sāvitrī resgatou-os do perigo. 15. Da mesma maneira, a insigne Draupadī, estimada por seu caráter, salvará a vós todos, tal como a bem-nascida Sāvitrī!

Disse Vaiśaṃpāyana:[97]

16. – Assim o Pāṇḍava,[98] instruído pelo magnânimo Mārkaṇḍeya, viveu na floresta Kāmyaka sem tristeza nem aflição, ó majestade.[99]

Aqui termina o ducentésimo octogésimo terceiro capítulo do "Livro da floresta" do Mahābhārata.

Fim do quadragésimo segundo episódio, "O rapto de Draupadī".

Janamejaya. Quanto aos eventos que levam à realização desse sacrifício, são deveras complexos para serem aqui resumidos: cf. *Mbh* 1.37-47.

98 **Pāṇḍava:** refere-se à Yudhiṣṭhira, cf. nota ao nome "Yudhiṣṭhira" antes do verso 1.1.

99 **Majestade:** refere-se à Janamejaya, cf. nota ao nome "Vaiśaṃpāyana" antes do verso 7.16.

Referências bibliográficas

SĀVITRY-UPĀKHYĀNA

O texto sânscrito do *Sāvitry-upākhyāna* foi digitado a partir da seguinte edição, e cotejado com a versão digital do texto disponível em: https://bombay.indology.info/mahabharata/statement.html.

The Mahābhārata: Text as constituted in its Critical Edition - Volume I: Ādi, Sabhā, Āraṇyaka and Virāṭa-parvans. Puna: Bhandarkar Oriental Research Institute, 1971.

FONTES PRIMÁRIAS

ĀśvG = *Āśvalāyana-gṛhya-sūtra with the commentaries by Devasvāmin and Nārayaṇa, edited by Svami Ravi Tirtha, vol. 1 Adhyāya 1*. Madras: The Adyar Library, 1944. Disponível em: https://archive.org/details/in.ernet.dli.2015.407552/mode/1up.

KaṭhUp = *"Kaṭhopaniṣad"*. In: OLIVELLE, P. *The Early Upaniṣads: annotated text and translation*. Oxford: Oxford University Press, 1998, pp. 372-411. Texto sânscrito disponível em: https://gretil.sub.uni-goettingen.de/gretil/corpustei/transformations/html/sa_kathopaniSad.htm.

KĀ = *Kāvyādarśa of Daṇḍin: Sanskrit text and English translation by S. K. Belvalkar*. Puna: The Oriental Book Supply, 1924. Disponível em: https://archive.org/details/in.ernet.dli.2015.263210/mode/1up.

KA = *Kāvyālaṃkāra of Bhāmaha. Edited with English translation and notes by P. V. Naganatha Sastry*. Déli: Motilal Banarsidass, 1970 (2ª ed.; reimpressão de 1991). Texto sânscrito disponível em:

https://gretil.sub.uni-goettingen.de/gretil/corpustei/transformations/html/sa_bhAmaha-kAvyAlaMkAra.htm.

KAsv = *Vāmana's Lehrbuch der Poetik zum ersten Male herausgegeben von Dr. Carl Cappeller.* Jena: Hermann Dufft, 1875. Disponível em: https://digi.ub.uni-heidelberg.de/diglit/cappeller1875.

KM = *Kāvya-mīmāṃsā of Rājaśekhara – Edited by the late Mr. C. D. Dalal, M.A. and Pandit R. A. Sastry. Revised and enlarged by K. S. Ramaswami Sastri Siromani.* Baroda: Oriental Institute, 1934 (3ª ed.). Disponível em: https://archive.org/details/in.ernet.dli.2015.53804/mode/1up.

KS = *"Kumāra-saṃbhava".* In: *Works of Kālidāsa – Volume II: Poetry. Edited with an exhaustive introduction, critical and explanatory notes and English translation by C. R. Devadhar.* Déli: Motilal Banarsidass, 1984 (1ª ed.; reimpressão de 2010).

KSS = *Kathā-sarit-sāgaraḥ Kaśmīra-pradeśa-vāsinā Śrī-Rāmabhaṭṭa-tanūdbhavena mahakavi-Śrī-Somadevabhaṭṭena viracitaḥ. sa cāṣṭādaśa-lambātmakaḥ madhya-pradeśāntargata-mahākośala-viśayāntaḥ pāti-jāvālipura-vāsinā saṃskr̥tācāryeṇa paṇḍita-jagadīśa-lāla-śāstriṇā bhūmikānukramaṇībhyām alaṃkr̥tya sampāditaḥ.* Déli: Motilal Banarsidass, 1970 (2ª reimpressão 1977). Texto sânscrito disponível em: https://gretil.sub.uni-goettingen.de/gretil/corpustei/transformations/html/sa_somadeva-kathAsaritsAgara.htm.

MatPur = *Śrīmad-Dvaipāyana-praṇītaṃ Matsya-purāṇam.* Ānandāśrama Saṃskr̥ta-granthāvaliḥ–granthāṅkaḥ 54, 1907. Disponível em: https://archive.org/details/Anandashram_Samskrita_Granthavali_Anandashram_Sanskrit_Series/ASS_054_Matsya_Puranam_of_Vedavyasa/mode/2up.

Mbh = *The Mahābhārata for the first time critically edited by Vishnu S. Sukthankar et al.* Puna: Bhandarkar Oriental Research Institute. Vols. 1-19, 1919-1966. Obs. A maior parte dos volumes se acham disponíveis em formato pdf em archive.org.

Mbhāṣ = *The Vyākaraṇa-mahābhāṣya of Patañjali edited by F, Kielhorn; revised and furnished with additional readings, references and select critical notes by K. V. Abhyankar*. Puna: Bhandarkar Oriental Research Institute, 1880 (1ª ed.), 1962 (3ª ed.), 1985 (5ª ed; reimpressão de 2005). Texto sânscrito disponível em: https://gretil.sub.uni-goettingen.de/gretil/corpustei/transformations/html/sa_pataJjali-vyAkaraNamahAbhASya.htm.

MS = *Manusmṛti with the Manvartha-Muktāvalī of Kullūka Bhaṭṭa, edited by Haragovinda Śāstrī and Gopāla Śāstrī Nene*. Vārānasī, 1982 (The Kashi Sanskrit series 114). Texto sânscrito disponível (cotejado com outras fontes) em: https://gretil.sub.uni-goettingen.de/gretil/corpustei/transformations/html/sa_manusmRti.htm.

NāṭŚ = *The Nāṭya-śāstra ascribed to Bharatamuni, Volume II (Ch XXVIII-XXXVI) – The original Sanskrit text edited with Introduction and Various Readings from the MSS and printed texts by Manomohan Ghosh., MA, PhD, Kāvya-tīrtha*. Calcutá: Asiatic Society, 1956. Disponível em: https://archive.org/details/in.ernet.dli.2015.407644/mode/1up.

Nir = *The Nighaṇṭu and the Nirukta: The Oldest Indian Treatise on Etymology, Philology and Semantics critically edited from the Original Manuscripts and Translated for the first time in English, with Introduction, Exegetical and Critical Notes, Indexes and Appendices by Lakshman Sarup*. Déli: Motilal Banarsidass, 1920, 1927 (1ª ed.; reimpressão de 1998). Texto sânscrito disponível em: https://gretil.sub.uni-goettingen.de/gretil/corpustei/transformations/html/sa_yAska-nirukta.htm.

NŚ = "*Nīti-śataka*". In: *The Epigrams attibuted to Bhartṛhari, including the Three Centuries, for the first time collected and critically edited, with principal variants and an introduction by D. D. Kosambi*. Bombay: Bharatiya Vidya Bhavan, 1948. Disponível em: https://archive.org/details/EpigramsAttributedToBhartrhariKosambiBookmarked/mode/1up.

ṚS = "*Ṛtu-saṃhāra*". In: *Works of Kālidāsa – Volume II: Poetry. Edited with an exhaustive introduction, critical and explanatory notes and English translation by C. R. Devadhar.* Déli: Motilal Banarsidass, 1984 (1ª ed.; reimpressão de 2010). Obs. este poema costumava ser erroneamente incluído entre as obras de Kālidāsa.

FONTES SECUNDÁRIAS

AKLUJKAR, V. "Sāvitrī: old and new". In: SHARMA, A. *Essays on the Mahābhārata*. Leiden: Brill, 1991, pp. 342-333.

APRIGLIANO, A. *Upaniṣadas: os doze textos fundamentais*. São Paulo: Mantra, 2020.

BROCKINGTON, J. "The Sanskrit Epics". In: FLOOD, G. *The Wiley--Blackwell Companion to Hinduism*. Oxford: Wiley Blackwell, 2022 (2ª ed.), pp. 81-91.

FALK, H. "The Creation and Spread of Scripts in Ancient India". In: KOLB, A. (ed.). *Literacy in Ancient Everyday Life*. Berlim, Boston: De Gruyter, 2018, pp. 43–66.

GOLDMAN, R. *The Rāmāyaṇa of Vālmīki: An Epic of Ancient India - Volume I: Bālakāṇḍa*. Nova Déli: Motilal Banarsidass, 2003.

LIENHARD, S. *History of Classical Sanskrit Poetry: Sanskrit, Prakrit and Apabhraṃśa*. Wiesbaden: Harassowitz, 1984.

MACEDO, J.; GERALDES, C.; VENTUROTT, T. *Rig Vega: Hinos a Aurora*. Araçoiaba da Serra: Mnēma, 2023.

SMITH, J. *The Mahābhārata: An Abridged Translation*. Londres: Penguin, 2009.

SOLOMON, R. *Indian Epigraphy: A Guide to the Study of Inscriptions in Sanskrit, Prakrit, and the Other Indo-Aryan Languages*. Oxford: Oxford University Press, 1998.

SOUZA, E. de. *Poética de Aristóteles*. Lisboa: Imprensa Nacional – Casa da Moeda, 2003.

STCHOUPAK, N. & RENOU, L. (trads.). *La Kāvya-mīmāṃsā*. Paris: Imprimerie Nationale, 1946.

TODOROV, T. *As estruturas narrativas*. São Paulo: Perspectiva, 2013.

WEINBERGER-THOMAS, C. "Cendres d'immortalité. La crémation des veuves en Inde/Ashes of Immortality. The Cremation of Widows in India". In: *Archives de sciences sociales des religions*, n°67/1, 1989 (The twists and turns of religion in India), pp. 9-51.

WEST, M. *Poesia e mito indo-europeus*. Araçoiaba da Serra: Mnēma, 2023.

OBRAS DE REFERÊNCIA

AKLUJKAR, A. *Saṃskṛta-mārga-dīpikā: lições de sânscrito clássico*. 2 vols. São Paulo: Ashram Urbano, no prelo.

APTE, V. S. *The Student's Sanskrit-English Dictionary*. Déli: Motilal Banarsidass, 1890; reimpressão de 1979.

BHATTACHARYYA. S. N. *A Dictionary of Indian Mythology*. Déli: Munshiram Manoharlal, 2001.

DEY, N. L. *The Geografical Dictionary of Ancient and Mediaeval India*. Londres: Luzac & Co., 1927.

GRASSMANN, H. G. *Worterbuch zum Rig-veda*. Wiesbaden: Harrassowitz, 1873. Disponível em: https://www.sanskrit-lexicon.uni-koeln.de/scans/GRAScan/2020/web/index.php.

MONIER-WILLIAMS, M. *A Sanskrit-English Dictionary*. Oxford: Clarendon Press. 1889. Disponível em: https://www.sanskrit-lexicon.uni-koeln.de/scans/MWScan/2020/web/index.php.

MONTANARI, F. *Vocabolario greco-italiano*. Torino: Loescher, 2013.

PUJOL RIEMBAU, O. *Diccionario sánscrito-español*. Madrid: Gredos, 2018.

SEN, C. *A Dictionary of the Vedic Rituals, based on the Śrauta and Gṛhya-sūtras*. Déli: Concept Publishing Company, 1978.

SÖRENSEN, S. *An Index to the Names in the Mahābhārata*. Déli: Motilal Banarsidass, 1963. Disponível em: https://www.sanskrit-lexicon.uni-koeln.de/scans/INMScan/2020/web/index.php.

Sobre os tradutores

Adriano Aprigliano é Professor de Língua e Literatura Sânscrita na Faculdade de Filosofia, Letras e Ciências Humanas da USP. Obteve, pela mesma faculdade, os títulos de Mestre em Letras, em 2006, e Doutor em Linguística, em 2011. Tem-se dedicado ao estudo da gramática, da filosofia da linguagem, da poesia e da poética na Índia Antiga. É tradutor do sânscrito e do latim. Traduziu Bhartṛhari, o mais importante filósofo da linguagem da Índia Antiga (*Da palavra - [Vākyapadīya]*, Editora Unesp, 2014), o poeta romano Públio Virgílio Marão (*O descimento ao Averno* – Eneida 6, Syrinx, 2019) e as *Upaniṣadas*, textos clássicos da filosofia indiana (*Upaniṣadas – Os doze textos fundamentais*, Edipro/Mantra 2020). Traduziu ainda o manual de sânscrito de Ashok Aklujkar, *Lições de Sânscrito Clássico* (Ashram Urbano Editora, no prelo).

João Marcos Chagas Duarte é jornalista formado pela Universidade de Franca, e atualmente cursa Filosofia na Universidade de São Paulo. Com mais de uma década de vivência no teatro, reúne experiências em atuação, produção e dramaturgia. Hoje, trabalha com educação, coordenando projetos voltados à formação de lideranças para impacto social. Em 2023, realizou pesquisa de iniciação científica na qual traduziu parcialmente a *Bhagavadgītā*, sob orientação do professor Adriano Aprigliano.

Johnny Dotta é mestre em Letras Clássicas pela Universidade de São Paulo, onde também se graduou em Letras, com habilitação em Português e Grego. Participa dos grupos de pesquisa MADANA - Círculo de formação em tradução do sânscrito e do Grupo de Estudos de Línguas Indo-Europeias Antigas (GELIEA). No mestrado, realizou pesquisa com financiamento da FAPESP sobre imperativos de terceira pessoa em Sófocles e Aristófanes sob orientação do professor José Marcos Macedo.

Esta obra foi composta nas tipologias Gentium Book Plus e Adishilasamskrta Letterpress, no formato 13,8 x 21 cm, com 168 páginas, e impressa em papel Pólen Natural 80 g/m² pela Lis Gráfica.
São Paulo, julho de 2025.